光文社文庫

文庫オリジナル／長編青春ミステリー

狐色のマフラー

赤川次郎

光　文　社

『狐色のマフラー』目次

●主な登場人物のプロフィールと、これまでの歩み

第一作『若草色《わかくさいろ》のポシェット』以来、登場人物たちは、一年一作の刊行ペースと同じく、一年ずつリアルタイムで年齢を重ねてきました。

杉原爽香《すぎはらさやか》……四十八歳。中学三年生の時、同級生が殺される事件に巻き込まれて以来、様々な事件に遭遇。大学を卒業した半年後、殺人事件の容疑者として追われていた明男《あきお》を無実と信じてかくまうが、真犯人であることを知り自首させる。二十七歳の時、明男と結婚。三十六歳で、長女・珠実《たまみ》を出産。仕事では、高齢者用ケアマンション〈Pハウス〉から、田端将夫《たばたまさお》が社長を務める〈G興産〉に移り、老人ホーム〈レインボー・ハウス〉を手掛けた。その他にもカルチャースクール再建、都市開発プロジェクトなど、様々な事業に取り組む。

杉原明男……旧姓・丹羽《にわ》。中学、高校、大学を通じて爽香と同級生だった。大学時代に大学教授夫人を殺《あや》めて服役。その後〈N運送〉の勤務を経て、現在は小学校のスクールバスの運転手を務める。

杉原珠実……爽香が三十六歳の時に出産した、明男との娘。利発な小学生。

久保坂《くぼさか》あやめ……〈Ｇ興産〉の社員で、爽香をきめ細やかにサポートする頼もしい部下。画壇の重鎮である**堀口《ほりぐち》豊《ゆたか》**が夫だが、入籍はしていない。

河村《かわむら》爽子《さわこ》……天才ヴァイオリニスト。爽香と旧知の刑事・河村**太郎《たろう》**（故人）と爽香の中学時代の恩師・**布子《きぬこ》**の娘。

栗崎英子《くりさきひでこ》……往年の大スター女優。〈Ｐハウス〉に入居した際、爽香と知り合う。そののち、映画界に復帰。

田端将夫……〈Ｇ興産〉社長。

田端真保《まほ》……田端将夫の母。なにかと爽香に目をかけてくれる。

杉原　瞳《ひとみ》……爽香の姪《めい》。兄・杉原**充夫《みつお》**（故人）と**則子《のりこ》**の次女。

リン・山崎《やまざき》……爽香とは小学校時代の同級生。爽香をモデルに裸婦画を描いた。

松下《まつした》……元々は借金の取り立て屋だったが、現在は〈消息屋〉を名乗り、世の中の裏事情に精通する男。爽香のことを絶えず気にかけており、事あるごとに救いの手を差し伸べる。

――杉原爽香、四十八歳の秋

1　芸術の秋

「わあ、凄《すご》い！」

美術展にやって来ての最初の感想がこれでは困るが、久保坂《くぼさか》あやめがついそう言ったのは、会場の外。

入場を待つ人々の行列を目にしての「凄い！」だったのである。

「——こんなに絵の好きな人が多いのね、日本って」

と、杉原爽香《すぎはらさやか》は言って、「何時間待ちかしら？」

「〈90分〉って札が出てますよ」

と、あやめが言った。

「ちょっと辛《つら》いわね。四十八にもなると」

「すみません。うちの旦那《だんな》の絵なら、並ばないで見られるんですけど」

「でも、これだけ愛好家がいるから、堀口《ほりぐち》さんの絵が有名になってるわけでしょ」

「そうですねえ」

と、あやめは言った。「うちじゃ、ただの九十八歳のじいさんですけど」

あやめは今年三十八。夫の堀口豊《ゆたか》と六十歳違いだ。堀口は日本の画壇を代表する巨匠の一人である。

「でも――」

と、爽香は空を見上げて、「爽《さわ》やかな秋空になったわね。夏の猛暑の疲れが今ごろ出そう」

――美術館の広々とした前庭は、今は人の列で埋っているが、普段はゆったりとした空間である。

どうしたものか、と迷っていると、

「爽香さん！」

と呼ぶ声がして、姪の瞳《ひとみ》が手を振っていた。

並んだ列の中にいるのである。

「――瞳ちゃん、来てたの」

と、爽香はそばへ行って、「どれくらい並んでるの？」

「一時間くらい。たぶん、もうじき入れる」

「ゆっくり見てらっしゃい」

「爽香さんは？」

「そうね……。今から並んでも……」

「中の喫茶店で待ってるわ。それでいいでしょ？」

「じゃ、そうしましょ。あやめちゃんと一緒だから」

「それじゃ、後で」

瞳はあやめの方へ会釈《えしゃく》した。

爽香たちは列の一番後ろについた。

「――瞳ちゃん、すっかり元気ですね」

と、あやめが言った。

瞳は人気歌手だった三ツ橋愛《みつはしあい》という恋人を失って、しばらくは沈み込んでいたが、やがて、声楽のレッスンに没頭して、立ち直って行った。

短大から研究科に進み、今はソリストの道を歩んでいる。恋愛の体験は、瞳の歌に豊かな輝きを与えたようだった。

「――そうね。ひと安心だわ」

と、爽香は言った。

「あの相手だった三ツ橋愛って、今、どうしてるんですか？」

「自分からドラッグを使ってたことを公表したでしょ。起訴されないですんだけど、当分は謹慎ってことみたいよ。依存症になるところまでは行ってなかったようだから」

「誘惑が多いんでしょうね、ああいう世界は」

と、あやめが肯《うなず》いた。「――あれ？　今、名前が……」

「え？」

どこにスピーカーがあるのか、

「お呼び出しを申し上げます。杉原爽香様、杉原爽香様。いらっしゃいましたら、美術館事務室までおいで下さい。――お呼び出しを申し上げます……」

何ごとだろう？

「どうします？」

「行かなくちゃね。何か緊急の用かもしれない」

何しろ、「緊急の事件」に慣れている爽香だ。

「あやめちゃん、一緒に来て」

「はい」

二人が受付へと急ぐと、瞳も列を出て、

「どうしたの、爽香さん？」

「分らないわよ。でも、ケータイには何も入ってないし。瞳ちゃんも来る？」

「うん。心配だ」

三人は足早に美術館のスタッフのところへと向った。

「今、呼び出しのあった杉原ですが……」

「こちらへどうぞ」

案内されて、三人は事務室へと入って行った。

大分古ぼけた応接セットがあって、

「こちらでお待ち下さい」

――三人は何となく落ちつかない気分で座っていた。

「何かしら」

と、爽香は首を振って、「大変なことがあったら、きっとケータイにかかって来るわよね」

「お宅へかけてみましょうか?」

と、あやめが言った。「大体、チーフに急な用事っていったら、殺人か爆弾か、ろくなことがないですものね」

あやめの言葉に、瞳がふき出しそうになった。

「あやめちゃん、言い過ぎじゃない、それはいくら何でも」

「事実を申し上げています」

あやめは涼しい顔で言った。

そこへ、

「やあ、どうも」

と、スーツにネクタイの男性が顔を出した。

あやめがびっくりして、

「岸本《きしもと》さん!」

と、男を見上げて、「あなたが呼び出しを?」

「ええ、そうです」

四十前後か、サラリーマン風ではあるが、どことなく違う雰囲気。

「どうして杉原さんを——」

「堀口あやめさんじゃ、知ってる人には分るでしょ」

と、男は言って、「どうも。ここの学芸員の岸本と申します」

律儀に名刺を爽香と瞳に渡す。

「どういうこと?」

と、あやめが訊《き》くと、

「いいですか。堀口先生の奥様を、表に一時間半も並ばせたなんて分ったら、僕が館長に怒鳴《どな》られます」

と、岸本は言った。「お分りですか?」

「でも、私たちは勝手に並んだのよ。それに、私も杉原さんも、そういうコネで並ばずに入るって、好きじゃないの」

「分ってます！　ですが、僕にも立場ってものがあるんです。お分りいただかないと」

話を聞いていた爽香が、

「お話は分りました。でも、どうして私のことをご存知なんですか？」

と訊いた。

岸本はちょっと微笑《ほほえ》んで、

「杉原爽香さんのことを知らない美術関係者はいませんよ。もちろん、堀口先生とも親しくていらっしゃる。それに、あの幻のヌード――」

「待って！　それ以上言わないで下さい」

と、爽香は遮《さえぎ》った。

「事務の女の子が、列を見に行って、お二人に気付いたんです。このまま並ばせておくわけにはいかないと……」

聞いていた瞳が、

「私まで、くっついて来ちゃった」

と言った。

「それに、今日――あと一時間もしたら、館長がやって来ます。ぜひお二人にお会いしたいと……」

「知らせたの？」

「もちろんです。知ってて言わなかったとなったら――」

「叱《しか》られる？　しょうがないわね！　チーフ、どうします？」

爽香はちょっと笑って、

「ここは岸本さんの顔を立ててあげましょうよ。信念を貫くのは大事だけど、頑《かたく》な過ぎるのは良くないわ」

「助かります」

と、岸本はホッとした様子で、「すぐお茶を」

と、せかせかと行ってしまう。

あやめは、「やれやれ」という顔で、

「うちの旦那の崇拝者なんです。何かと世話にはなっているので」

「館長さんがみえるまで一時間じゃ、中をゆっくり見て歩くってわけにいかないわね。館長さんって、何という方？」

「あ……。そういえば」

と、あやめは首をかしげて、「私、会ったことないです。今年の春に変ったんですよ。この美術館、もともと個人のコレクションだったのが、十年くらい前に財団になったとかで……。前の館長さんは、たぶんうちの旦那とそう違わない、九十いくつかでした。

今度の館長さんはその人の娘さんとか……」

「女の方？」

「ええ。名前は何だったかな。仕事のお付合なら、絶対忘れないんだけど」

「みえれば分るわよ」

「爽香さん、私、いてもいいの？」

と、瞳が言った。

「いいわよ、もちろん」

と、あやめが言った。「――あ、思い出した。ここの館長、新見琴江《にいみことえ》さんです」

「さすが、あやめちゃん」

と、爽香が言った。

「じゃ、この美術館の名前の〈NK美術館〉って……」

「〈N〉は〈新見〉の〈N〉ね。それは聞いたことある」

と、あやめが言った。

すると――お茶は出て来なかったが、足早にやって来た女性がいた。

スラッと長身で、ジャケットにジーンズ、長い髪を揺らしながら、三人の所で足を止めると、

「堀口先生の奥様ですね」

と、元気のいい声で言った。「こちらが杉原爽香様」

「はあ」

「私、ここの館長をしております、新見琴江と申します。お目にかかれて光栄です！」

三人とも呆気《あつけ》に取られていた。

その女性、どう見ても三十そこそこにしか見えなかったからだ。

「あの――前の館長さんの……」

「孫です、私」

娘じゃなかった。ひと世代後だったのか。

「館長！」

と、岸本が焦って走って来ると、「待って下さいと言ったじゃありませんか」

「あなたの手を借りなくても、ご挨拶《あいさつ》ぐらいできるわよ」

明るく切り返すところは、いかにも若々しい。爽香は、この女性に親しみを覚えた。

「あの――今、お茶を」

と、岸本が言うと、

「中の喫茶に行きましょう。あそこのチーズケーキはいけます」

と、新見琴江は言った。

館長自らが予約したテーブルで、爽香たちは、確かに「いけてる」チーズケーキを食べた。

「失礼ですけど、今、おいくつ？」

と、爽香は訊いた。

「三十一です。ちょっと変ってるかもしれませんが、十年近くアメリカやヨーロッパを転々としてたので」

なるほど、と爽香は思った。はっきりしたものの言いよう。きびきびした動作。若さだけのせいではない。海外での暮しがそうさせているのだろう。

爽香はちょっと考えごとをしていたが、

「あの絵はすばらしいですね」

と、新見琴江に言われて、

「はあ。あの――」

「リン・山崎《やまざき》さんのあの絵は、向うの美術館でも一番目立つところにあります」

「それって、まさか……」

「杉原さんのみごとなヌードです！」

ああ……。またか！

爽香は頭を抱えそうになった。

人気イラストレーターで画家のリン・山崎は爽香の小学校の同級生。爽香が経営難に陥ったカルチャースクールを立て直したとき、パンフレットの表紙を格安で引き受けてくれた。

そのとき頼まれたのが、「裸体画のモデルに」という話。

その絵は話題を呼び、絵そのものは失われたのだが、美術展ポスターの絵を元に、デジタル技術でよみがえった。しかも、ずっと大きく!

「もう、今はもっと太ってますし……」

と、爽香は笑ってごまかそうとしたが、

「実は、この暮れから、ここでリン・山崎さんの展覧会を企画してるんです」

と、琴江が言った。

まさか、そこで……。

「もちろん、あの絵も持って来ます」

「――そうですか」

爽香にも分ってはいる。あれは一つの作品として、すでに「一人歩き」しているのだ。

理屈では分るし、夫の明男《あきお》だって、とやかくは言わない。娘の珠実《たまみ》も、もう十二歳。

面白がりこそすれ、いやがりはしないだろう。

それでも、当のモデルとしては……。

「あの……」

と、爽香はむだと知りつつ言った。「できるだけ目立たない所に置いていただけませんか？」

あやめと瞳が、笑いをかみ殺しているのが分った。

「その辺は山崎さんと相談しませんと」

と、琴江が言った。

「山崎さんは今どちらに？」

ニューヨーク、パリなど、いくつも家を持っているのだ。

「ここです」

と、琴江が言うと、

「やあ、爽香さん」

と、声がして、当の山崎が喫茶へ入って来た。

2 壁

「久しぶり」

と、爽香は言った。「太った？」

「まあね」

と、リン・山崎は爽香たちのテーブルに加わって、「貫禄がついた、って言うんだよ。最近は」

「お互いさま」

と、爽香は微笑んで、「奥様はお元気？」

「舞《まい》こそ太ったよ。子供の相手をするのにエネルギーがいる、とか言って、よく食べるんだ」

「結構じゃないの」

山崎が、あやめに堀口豊のことを訊く。その辺は、同業者として大先輩の堀口に気をつかっているのだ。

「――ところで」

と、ひとしきりのやりとりが終ったところで、琴江が口を開いた。「山崎さん、美術展の件、いかがでしょう」

「アムステルダムで十一月二十日まで個展があるんです。そこから絵を運ぶことになりますが」

「じゃ、十二月十五日で何とか」

「大丈夫でしょう」

「良かった！」

琴江はすぐにケータイで岸本を呼ぶと、「十二月十五日初日。それで契約書を作って」と指示した。

「すっかり国際的な芸術家ね」

と、爽香が山崎に言った。「同じ小学校の同級生として、誇らしいわ」

「たまたまだよ。それに君にはあのヴァイオリンの子がいるじゃないか。――爽子《さわこ》ちゃん、だっけ」

「河村《かわむら》爽子。もう二十八よ。私の親戚ってわけじゃないけど、確かにあの子も世界中飛び回ってる」

かつての恩師、河村布子《きぬこ》の娘、爽子はヴァイオリニストとして、すでに広く知られている。

「今度のパーティでも……」

　と、あやめが言った。

「そうそう。〈G興産〉って、私の勤め先が創業五十周年で、祝賀パーティをやるのよ。そこで爽子ちゃんに一曲弾いてもらうことに……。お車代くらいしか出せないんだけどね」

「チーフ、山崎さんにはカルチャースクールのパンフレットでお世話になってますから、もしご都合がおつきなら――」

「ああ、そうね。しばらく日本？」

「そのアムステルダムが始まってしまえば、少し日本にいて子供の相手をしようかと思ってる」

「じゃ、パーティの案内を送るわ。奥様とどうぞ」

あやめがケータイで素早く日程や会場を山崎へ送ると、

「ぜひ、チーフを元気づけてやって下さい」

と言った。

「あやめちゃん」

と、爽香がチラッとあやめをにらむ。

「何だい？　爽香君を元気づける必要がある？　こいつは穏やかじゃないね」

と、山崎が言った。「失恋でもした？」

「ちょっとね」

と、爽香が小さく肩をすくめて、「新しいことをやろうとすると、古い壁が立ちはだかる。もちろん、そんなこと分ってるんだけど……」

「それは——」

「今度ゆっくりね。一度、食事でもしましょ」

「ぜひ、私の方でセッティングさせて下さい！」

と、琴江が愉《たの》しげに、「いいワインがあると、話がどんどん進みます」

「ところで、それってチーズケーキかい？　僕もいただこう」

と、山崎が目ざとく、ケーキ皿を見て言った。

「そういえば、まだ肝心のここの絵を拝見してませんね」

と、あやめが言った。


どの道も行き止りだった。

必死に逃げ回っても、「影」は追いついて来る。

「逃げてもむだだ」

と、その「影」は言った。「お前は俺から逃げられない」

「やめて……やめて……お願い……」

いつの間にか、真由子《まゆこ》は幼ない子供になっていた。――これは私じゃない。私はもう子供じゃないのに……。

「おとなしくするんだ。――怖いことなんかないよ。楽しいことをしようね……」

いやだ、いやだ！

「やめて！」

真由子は夢中で手を振り回した。

近付かないで！　私に触らないで！

「触らないで！」

口に出して、そう言っていたらしい。

自分の声にびっくりして、目を覚ました。

ハッと起き上ると――小さなシングルルームのベッドの上にいた。

「ああ……」

と、息を吐くと、並木《なみき》真由子は、ひどく汗をかいていることに気付いた。

「まただわ……」

二泊の旅なのに、着替えをその倍は用意しなければならない。

いつものことで、ちゃんと持って来てはいるけれど……。

そばのテーブルに置いたケータイを手に取ると、午前六時を少し過ぎたところだ。もう少し寝ていられるが、また夢を見たら、と思うと……。

起きよう。――そう決めてベッドから出る。

駅前のビジネスホテルである。

コンサートの主催者は、少し広いツインルームを取ってくれたのだが、真由子はいつもシングルでなければ泊《とま》れない。

ツインの方は、河村爽子が一人で泊っていた。

並木真由子はピアニストである。爽子の後輩で、国内でのリサイタルではたいてい真由子がピアノを担当していた。

もちろん、ヴァイオリンとピアノは本来対等な立場なのだが、現実には〈ヴァイオリン・リサイタル〉と、チラシにはあるし、爽子はこういう地方都市でも、充分に集客力があった。

といって、真由子に不満があるわけではない。

もともと、真由子が学んでいたのは〈伴奏者コース〉で、主に歌曲の伴奏を担当するピアニストを目指していたのだ。

伴奏ピアニストには、ソリストとは違った難しさがあり、一流といわれる人は決して多くない。要はタイプとして、向き不向きがあるのだ。

真由子は歌手やソリストの望むものを感じ取って合わせていくのが好きだった。

河村爽子から、

「お願い。私と組んで」

と頼まれたときは、本当に嬉《うれ》しかった。

それは爽子が真由子の音楽性に自分と共通するものを見出したからと分ったせいである。


——真由子は、汗で濡《ぬ》れた下着を脱ぐと、バスルームに入って、シャワーを浴びた。

ビジネスホテルなので、バスルームは狭くて、すぐ熱気がこもる。ザッと汗を流して、早めに出た。

地方でのコンサートの場合、予算が充分でないことが多く、宿泊はたいてい、こういうビジネスホテルである。使い勝手も分っていた。

バスタオルで体を拭いていると、ケータイが鳴った。爽子からだ。

「もう起きたのね」

と言われて、

「え？」

「隣だから、シャワーの音が聞こえた」

「あ、ごめん。起こしちゃった？」

「いいのよ。どうせもう起きるところだったから。朝食は——」

「ここはレストラン、ないものね。外に出たら……」

「ゆうべ、フロントの人に訊いたら、駅の下のカフェが朝早く開いてるって」

「じゃ、そこで」

——二人とも、こういうツアーには慣れている。

今夜のコンサートは夜七時から。終ると九時になる。

ドレスから着替えて、ホテルに戻ってくると、九時半は過ぎる。こういう町では、飲食店も閉るのが早く、食事する所を探すのに苦労する。

主催者が用意してくれるのが当然だと思うのだが、中にはコンサートが終ると、ホールの出口で、

「お疲れさまでした」

と送り出されてそれきり、という所もあるのだ。

初めて訪れた町で、爽子と二人、夜の町を歩き回って、屋台のラーメンを食べるしかなかった、ということもあった……。

一見優雅に見えるクラシックの演奏家も、仕事となるとこんな地味な世界なのである。

「今日のホールは新しいのね」

と、真由子は言った。

「そう。オープンして、まだ二、三か月らしいわ」

爽子がコーヒーを飲みながら、「高音がきつくなるかもしれないわね」

朝の通勤客向けの〈モーニングセット〉を二人で食べていた。目玉焼とハムとトースト。

「四八〇円なら安いわね。朝、高いホテルの朝食を食べさせられるより助かるわ」

と、爽子は言った。

「ホールのキャパは三五〇人ってことだった」

駅の近くに建った真新しいビルの地下がコンサートホール。ただ、地下となると、あまり天井は高くないだろう。

「少し早く行く？　ピアノの音出ししたいでしょ？」

「ええ。でも、爽子さん、もしどこか寄るのなら、私一人で先に」

新しいホールといわれると、楽しみでもあるが、担当者に音楽の知識があるかどうかで、色々問題も起る。備え付けのピアノはたいてい一台きりで、選びようがないので、コンディションが心配だ。

「ともかく、朝の内に、一度行ってみましょう」

と、爽子は言った。

——ホールへ着いたのは午前十時だった。

しかし、ホールは開いていなくて、頼もうにも誰もいない。

「担当の人に電話するわ」

真由子は、このコンサートの主催者の事務担当のケータイ番号を聞いていたので、かけてみた。

「——え？　もう着いたんですか？」

出た相手はびっくりしている。

「午前中にリハーサルと連絡してありますが」

「そうでしたっけ？　いや、七時からなので、五時ごろにみえるかと思ってました」

いやな予感がする。一応、この市の企画なのだが、実施は小さなプロダクションに丸投げしているらしい。

「いや、参ったな。——三時過ぎないと、入ってもらえないんですよ」

「午後の三時？　ともかく、開けてもらえれば。ピアノの状態とか見たいので」

と、真由子が言うと、向うは、

「それはしかし……。困りましたね……」

「どうして三時まで入れないんですか？」

「ええと……。あのですね、お昼から三時まで他の人が使うことに——」

「何ですって？」

真由子は耳を疑った。「今日、別のイベントが入ってるんですか？」

「ええ……。いや、市長の親しい人が、どうしても使いたいと……。お二人は有名なプロの方たちだから、本番だけでもパッとやって下さるだろうと……」

爽子も話を聞いていたが、ケータイを受け取ると、

「河村爽子です。今すぐホールを開けるか、コンサートを中止するか、どっちにするか決めて下さい！」

と叩《たた》きつけるように言った。

「今すぐそっちへ行きます！」

二人は顔を見合せた。

「——事務所に文句言ってやる」

と、真由子はため息をついた。

「そうね。でも、聴きに来るお客さんには関係ないことだから」

爽子は肩をすくめて、「腹を立てるのは、コンサートが終ってからにしましょ」

地下のホールへ下りる階段の途中に立っていた男が、ケータイで連絡していた。

「——ええ。女が二人、ホールの入口に立っているんです。一人は楽器らしいものをかついでますが……」

「まだ朝だぞ」

と、相手が苛々《いらいら》と言った。「何かコンサートがあるのは夜だろう?」

「そうだと思いますが……」

ジャンパー姿の若い男は、「どうします?」

と訊いた。

「今さらやめられるか。——ともかくその二人を追い払え」

「でも——」

「騒ぎにならないようにしろよ。警察でもやって来たら、何もかも終りだ」

「分りました……」

若い男はちょっと顔をしかめたが、「金になるんだ。ともかく何とかして……」

と呟《つぶや》くと、ホールの方へと階段を下りて行った。

3 見当違い

ともかく、もめごとを起こさないように。

その若い男が考えていたのは、そのことだけだった。

ホールの閉じた扉の前で、コンサートの主催者の係がやって来るのを待っていた二人
——河村爽子と並木真由子の方へ、男は軽い足取りで階段を下りて行った。

「やあ、君たち」

と、男は声をかけた。「何してるんだい、こんな所で?」

男の名は保科康《ほしなやすし》といった。保科という姓から、仲間内では〈ホッピー〉と呼ばれていた。

二十三歳だったが、残念ながら年齢《とし》相応の人を見る目を持ち合せていなかった。爽子と真由子の二人が、自分より年上で、ベテランの音楽家だということなど、想像もできなかったのである。

「あなたは……」

と、真由子が、まさかこれがホールの係じゃあるまいと思いつつ言いかけると、

「俺はね、ここの支配人の知り合いなんだ。君たち、このホールで発表会でもあるのかな？」

妙に愉しげに話しかけてくるホッピーに、二人は呆気に取られていたが、彼の方では、女の子たちが、「ちょっとすてきな男の子」に話しかけられて照れているのだと思い込んだ。

「まだちょっと早いんだよ」

と、ホッピーは肩をすくめて、「それにね、ここは今夜、偉い音楽家がやって来て、コンサートをするんだ。その準備の邪魔をしたら叱られるよ」

ホッピーは、まさかこの二人が「偉い音楽家」だとは、思ってもみなかった。大方、でっぷり太ったおっさんが来るのだとばかり思っていたのである。

クラシックの演奏家のイメージをどこで仕入れたのかはともかく、

「ね、ちゃんと先生にもう一度何時にここに来ればいいのか、訊いてごらん。だって――ね？　他に誰も来てないだろ？　君たちが時間を間違えてるんだよ」

と、まくし立てるように言って、「そう、そろそろ掃除の人が来るころだ。やっぱりここにいちゃまずいよ。どこかへ行ってないと」

真由子が、やっと気を取り直して、

「あの――」

と言いかけたが、爽子がそれを抑えて、

「ごめんなさい。私たちの勘違いだったみたい」

と言った。「出直そう。ね、真由子」

「え……。でも……」

面食らった真由子は、わけが分らない内に爽子に腕を取られて、ホールを後にした。

階段を上って外に出ると、

「このまま歩くのよ」

と、爽子は言って、足を止めなかった。

少し行ってから、爽子は後ろを振り向いた。

「――大丈夫。見てないわ」

「爽子さん、どうしちゃったの？」

と、真由子は言った。

「あの男、怪《あや》しいわ」

「怪しいって？」

「私たちを早く追い払おうとしてた。分ったでしょ？」

「そうね。でも、それが――」

「私はね、杉原爽香さんと何十年も付合って来てるの。犯罪の匂いに敏感なのよ」

「犯罪？」

と、真由子が目を丸くした。

「あの若いの、どう見てもチンピラよ。たぶん使い走りってところでしょうね。あそこを下見に来て、誰もいないはずの所に私たちがいたんで、焦ったんだわ」

「そう……。爽子さんがそんな目を持ってるなんて……」

「あのビルには色んな店が入ってるでしょ。どこが狙いか分らないけど、きっと朝の内に、押し入ろうとしてるんだわ」

「面白がってない？」

「まあね」

と、爽子は澄まして、「さて、どうしよう？　――あ、そうか。ホールの担当の人が来ることになってたんだわね」

「今、こっちへ向ってるわ、きっと」

「ケータイにかけて。私たちはお腹空《す》いたんで、お昼を食べに行ってますって」

半信半疑ながら、真由子は爽子の言う通りにした。

「リハーサル、どうする？」

「仕方ないわね。午後の三時にやりましょう。そこで問題があったら、そのとき考えることにして」

「じゃあ……」

「ともかく、こういうときは相談役の出番！」

と、爽子は言った。

「ああ、爽子ちゃん」

と、爽香はケータイに出て、「どこからかけてるの？　にぎやかね」

「地方公演なの。ね、爽香さん、相談したいことがあって」

「何のこと？」

「何だかね、たぶん泥棒に入ろうとしてる男がいるんだけど」

「——え？」

爽香は目を丸くした。

爽香は外での会議に出て、社へ戻る途中だった。表を歩きながら、

「ちょっと待って。——ともかく、話せる所を探すから」

爽香は目の前にあった家具のショールームに入った。カーテンなどを眺《なが》めるふりをしながら、爽子の話を聞く。

「——あのね、私は一一〇番じゃないのよ」

と、ため息をついたが、「確かに妙ね。でも……それって、どこの話？」

爽香は、爽子の話をメモすると、

「分った。私が通報したってしょうがない。――何か考えるわ」

「お願いね！　頼りにしてるわ」

「もうちょっと他のことで頼りにしてよ」

と、爽香が言うと、

「あ、そうだ。今度のパーティで弾くの、タダでいいから」

「取引き？　全く……」

と、苦笑して、「後でかけるわ」

用もないのにショールームを見て回るのも気が咎《とが》める。

爽香は一旦外に出ると、仕方なくコーヒーショップに入った。

コーヒーを飲みながらしばらく考えて、ケータイを取り出す。

かけた相手は――。

「大津田《おおつだ》さん？　杉原爽香です」

「やあ、どうも！」

元気な声が聞こえて来てホッとした。

去年、風俗店の火事に絡んだ事件で知り合った刑事である。

「伽奈《かな》さんはお元気？」

と、爽香は訊いた。

その店で働いていた女性と、この春に結婚したのだ。

「元気で働いてます。事務の仕事が見付かって」

「それは良かったですね」

「あの――来年の春には子供が」

と、少し照れたように言った。

「それはおめでとうございます」

と、爽香は言った。

実は、伽奈から聞いて知っていたのである。しかし、こういうときは、ちょっとびっくりしてみせた方がいい。

「で、大津田さん、ちょっとお願いが……」

「何でしょう？」


爽香へ「丸投げ」して安心した爽子は、真由子と二人、

「仕方ないわ。のんびりランチにしましょ」

ということになって、駅に近い、少々さびれた感じのレストランに入った。

味が不安だったが、食べてみるとそうでもなく、ホッとして、

「――アンコール、どうする？」

と、真由子が訊いた。

「うん……。客席次第だけど……。後半がソナタ一曲だからね。二曲やりましょ」

と、爽子は言った。

「それでも九時には終るわね」

「こういう小さな町を大切にしないと」

「明日、どこか見てから帰る？」

「ガイドブック、見て来なかったけど、何か面白そうな所、ある？」

――のんびりとおしゃべりしながら時を過した二人は、午後三時まであと十分、というころに、あのホールへまたやって来た。

しかし、何だか様子がおかしい。

「記者がいるわ。カメラマンも」

と、真由子は言った。

「本当ね。誰か来るのかしら？　でも、もうリハーサルしないとね……」

と、爽子が言って、階段を下りて行く。

すると、ホールの前にいた数人が駆け寄って来て、

「河村爽子さん？」

と訊いたのである。

「そうですが……」

「いや、待ってたんですよ！」

カメラが向けられ、シャッターが切られる。

「あの――何ごとでしょうか？」

と、面食らっていると、

「ちょっとどいて！」

と、記者を押しのけて、背が低くてコロコロと太った男がやって来た。

「河村爽子さん？」

「はあ」

「こちらの県警の者です」

「刑事さんですか？　何か……」

「ともかくこちらへ」

わけが分らなかったが、もしかすると、爽香に頼んだ件かもしれないと思い付いた。

ほとんど忘れかけていたのである。

ホールの中へ入ると、

「午前中にお知らせいただいた件でしてね」

と、刑事が言った。

「ええ、もし何かあったら、と思って……」

「杉原さんという方から、お話を聞きましてね。このホールへ人をよこしたんです。すると、ホッピーの奴がウロついているのを見付けて」

「ホッピー？」

「あなたがお話しになった若い奴です」

「ああ、あの人ですか」

「このところ、県内で起っている現金強奪事件の主犯と思われる男の子分なので、捜していたのです」

「へえ……」

「それで、気付かれないように、このビルの周辺に警官を潜《ひそ》ませました。昼過ぎに、仲間の男たちが三人やって来て、中のゲームセンターやカラオケ店から現金を奪ったんです。で、逃走しようとしたところを取り押えました！」

「そんなことになってたんですか！」

びっくりした二人は顔を見合せた。

「ホッピーの奴が、連行されるときに、あなた方のポスターを見ましてね、『あいつらが有名な音楽家だったのか?』って、唖然《あぜん》としていましたよ」

と言って、刑事が笑った。

「はあ……」

——その後が大変だった。

コンサートとは関係なく、〈名ヴァイオリニスト、強盗団逮捕のお手柄!〉という話で、取材されたのだ。

ことに、ホッピーという若い男が、爽子と真由子のことを、「発表会に出る子供」だと思っていたという話は、記者を喜ばせた。

「女性の年齢がよく分らない人だったんでしょうね」

と、爽子は言った。

やっと取材から解放されたのが午後の五時半。

「開場が六時半だから、リハーサル、一時間しかないよ!」

と、真由子が言った。

「ともかく、メインのソナタだけでもやろう!」

二人がホールの中へ入って行くと、何とステージの上の方には、〈××町内会・カラオケ大会〉のパネルが下ったままになっていた……。

「——それは大変だったわね」

爽香が、爽子から電話をもらって、事の一部始終を聞いたのは、コンサートが終ってからの九時半過ぎだった。

話を聞いて、爽香は笑ってしまったが、

「で、コンサートはうまく行ったの？」

と訊いた。

「ええ。リハーサル、ほとんどできなかったんだけど、変に緊張しなかったせいか、いつもより楽に弾けたわ」

「それは良かったわね」

「あ、それから、取材されたとき、爽香さんの名前は出さなかった」

「ありがとう！　さすがに分ってくれてるわね」

「明日、東京に帰るわ。また連絡するね」

「お疲れさま」

爽香はそう言って切った。

あやめと二人、会社に残っていたのである。

あやめは、爽香から話を聞いて、

「親戚でもないのに、爽子ちゃんが一番チーフに似ちゃったんですかね」

と言った。

「考え過ぎよ」

と、爽香は苦笑して、「さ、このメールを送って、と。——今日の仕事は終り！」

「帰りましょう。夕飯はお宅で？」

「そのつもりだったけど、十時過ぎるわね、帰ったら。近くで何か食べて帰りましょうか」

「そうします？　じゃ、どこかその辺で——」

と、あやめが言いかけたとき、

「爽香さん」

という女性の声がした。

振り返って、爽香はびっくりした。

4　家庭の影

静かなホテルのバーで、深々としたソファに座ってラーメンを食べる、というのはふしぎな気分だった。

「ルームサービスのメニューなら、何でも取れるのよ」

と言ったのは、田端真保《たばたまほ》。

〈G興産〉の社長、田端将夫《まさお》の母親である。

「どう、味は？」

と、真保に訊かれて、

「おいしいです」

と、爽香は素直に答えた。「やっぱり、家の近くで食べるラーメンより上品な味ですね」

久保坂あやめも一緒で、こちらはチャーハンを取って食べていた。

「毎日遅いんでしょ」

と、真保は言った。「珠実ちゃんが寂しがらない?」

「もう慣れてますし」

「社長の人事管理が悪いのね」

「私が要領悪くて。この久保坂がいなかったら、とっくに倒れてます」

真保は微笑んで、

「あなた方はいいコンビね」

と言った。

「漫才やらせたら、きっと人気者に」

と、あやめが言った。

「真保様、まさかそういうお話では……。社長の代りにクビの宣告とか?」

「違うわよ」

と、真保は笑ったが、「——一度謝りたくてね」

「そんな……」

「あなたの希望を叶《かな》えてあげられなかった。本当は力になりたかったけど」

「真保様にそう言われると、困ります」

と、爽香は食べ終って、言った。

「いえ、人が本気で謝ってるときは、素直に受けておくものよ」

「でも、あれは私の力不足です」

――〈G興産〉の創業五十周年の記念事業として、爽香が考えたのが、二十代の若手社員を海外研修に送り出すことだった。

もちろん、ひと月やふた月では意味がない。少なくとも一年。それもアメリカやドイツなどのビジネス先進国でなく、中東やアフリカ、東南アジアなどの国で、どんなビジネスが可能か、そしてそれらの国々が本当に必要としているものは何か。〈G興産〉が今、世界に対して貢献できることは何なのか、肌で感じて来てほしいと思ったのだ。

もちろん、それには旅費や当地での生活費など、大変な費用がかかる。〈G興産〉は決して大手企業ではない。

しかし、タイミングとしては、国会議員の山沼《やまぬま》の妻、伸子《のぶこ》が「力になりたい」と申し出てくれて、爽香は今なら可能かもしれないと思ったのだ……。

実際、社長の田端はかなり乗り気で、爽香に具体的なプランを立てるよう指示したくらいだ。

しかし――三か月ほどして、爽香は社長室へ呼ばれて、

「すまん」

と、田端に頭を下げられた。「やはり、頭の古い連中を説得できなかった」

爽香としては、やや不満だった。——幹部社員の反対は当然予期していたので、ともかく直接自分に企画説明をさせてほしい、と頼んでいたが、結局その機会が与えられなかったからだ。

しかし、田端から、

「これは最終決定だ。諦《あきら》めてくれ」

と言われては、

「かしこまりました」

と言うしかない。

あやめは、

「これ以上、チーフに敵を作らせたくなかったんですかね、社長は」

と、慰めてくれた。

確かに、田端社長の直接の指揮下にあって、かなり自由に仕事をして来た爽香を妬《ねた》む者は社内に多い。機会あらば、爽香の足をすくってやろうという人間たち……。

ともかく、すっきりしない気持のまま、爽香のプランは流れたのだ。

「——真保様に謝られては……」

これまで、爽香を気に入って、何かと支えてくれた真保だが、何といっても年齢のこともあるし、息子の仕事に口を出すことは控えていた。しかし、

「いえ、そうじゃないの」

と、真保は言った。

「はあ……」

「あなたのプランを潰《つぶ》したのは、頭の古い連中じゃなかったのよ」

「どういうことですか？」

「それがね……」

と、真保がため息をつく。

その様子を見て、爽香には分った。

「じゃ、朝倉《あさくら》さんが？」

田端の秘書、朝倉有希《ゆき》だ。そしておそらく――。

「あなたも気が付いてるでしょ。将夫と彼女のこと」

「何となく……。でも、普段めったにお会いすることがないので」

「それはそうね。でも、もうあの女は将夫と会うのを隠そうともしないわ」

そこまで行っていたのか。――爽香にとっても驚きだった。

「――祐子《ゆうこ》さんは黙ってるんですか？」

と、爽香は訊いた。

妻の祐子が、夫の行動を黙って見ているとは思えなかった。

「夫婦仲はもうすっかり冷え切ってるわ。寝室は別だし、食事も一緒にとることはめったにない」

「それで、朝倉さんが社長の仕事にまで口を出してるんですか？」

「ええ。あなたも用心して。朝倉有希は、〈G興産〉の古い社員にうまく取り入って、気に入られてるの。あなたのプランに文句をつけた幹部たちの話を聞いたけど、みんな言い方が同じなの。使ってる言葉までね。少し当ってみたら分ったわ。朝倉有希がみんなに言って回ったのね」

「そんなことがあったんですか。それで私に直接企画説明させなかったんですね」

「あなたも困ってるでしょう。五十周年のお祝いの会は開くとして、記念事業が一向に決まらないのでは」

「それは私のアイデア力不足ですけど。かなり予算でかっちり枠をはめられてしまったので」

「それも朝倉有希の言い出したことだと思うわよ」

爽香は少し考え込んでいたが、

「――ありがとうございました」

と、改って、「真保様にご心配をおかけしてしまって、申し訳ありません」

「そんな他人行儀な。あなたには、ずいぶん〈G興産〉を助けてもらった」

「ありがとうございます。そうおっしゃっていただくだけで……」

――真保と別れ、爽香とあやめは夜道を少し歩いた。

「でも、なぜ朝倉有希が、チーフのことを邪魔するんでしょうね」

と、あやめが言った。

「私も気になってるの」

と、爽香は肯いて、「〈G興産〉のことを思っての行動なら分るけど、私個人を攻撃してるのなら、何か理由があるはずね」

「調べてみますよ」

「忙しいのに、そんなことまで……」

「ご心配なく。ちゃんとプロに任せるところは任せます」

「松下《まつした》さんね。また呆《あき》れられそうだけど」

と、爽香は苦笑した。

行方《ゆくえ》の分らなくなった人間を捜し出したりする〈消息屋〉という商売をしている松下とは、爽香は長くて深い付合である。

調査だけでなく、時には危ういところを救われたこともある。

「でも、松下さんには私が頼むわ」

と、爽香が言った。「他にも気になることがあるの」

「そんなことになってたのか」

と、明男がびっくりして言った。「その朝倉って女は知らないけど、まだ二十代なんだろ？」

「ええ、私もそれが気になってるの」

風呂上りで、パジャマ姿の爽香は、夫の明男と話し合っていた。

「社長の愛人になって、わがままを言うのは分るのよ。でも、私にはそういうタイプに見えないけど」

「うん。高い物を買ってもらったりするのとはわけが違うものな。会社の仕事に口を出すっていうのは」

「そう思うでしょ？　たぶん――誰か、朝倉さんの背後にいるんだと思う」

「そいつが〈G興産〉をどうにかしようとしてるのなら、大変だな」

「そうなのよ。――あ、ケータイが」

テーブルの上のケータイを手に取って、「もしもし？」

「やあ、メールを読んだよ」

と、松下が言った。

「いつもお手数かけてすみません」

「なに、お前はお得意様だ」

と、松下は笑って言った。「詳しく聞かせてくれ」

爽香は、朝倉有希について、今分っていること、不安に思っていることを伝えた。

「――背後に誰かいるな、そいつは」

「そんな気がするんです。当ってみていただけますか」

「分った。〈G興産〉についちゃ、ちょっと気になる噂も耳に入ってるんだ」

「え？　何ですか、それって？」

爽香の声が緊張した。

「裏が取れたら知らせてやろうと思ってた。〈G興産〉を吸収合併しようとしてる企業があるらしい」

「それって……」

「まだどこなのか分らない。しかし、そういう話は普通、まず企業名が流れるもんだ。表に出ないってことは、普通じゃないってことかもしれない」

「分ったら、ぜひ――」

「もちろん、知らせる。それと、朝倉有希については、まず出身地や一族だな。慎重にやる。心配するな」

「よろしくお願いします」

と、爽香はくり返し言って、切った。

「——どうも、ひと筋縄じゃいかない話のようだな」

と、明男が言った。

「もう一つ心配なことがあるの」

「何だい？」

「祐子さんよ。夫が愛人を作ってるのを、どうして黙って見てるのか」

「そうだな……」

田端の妻、祐子は、大学時代、明男の恋人だったことがあるのだ。

明男は少し考えていたが、

「——分らないでもないな」

と言った。

「どういうこと？」

「彼女は面倒なことが嫌いなんだ。もちろん、誰だってそうだろうけど。彼女は、いやになると、もう何もかも放り出して、見ないふりをしてしまう。そういうところがあるんだ」

「ああ……。なるほどね」

「それに、今、社長夫人で、子供もいる。たとえ旦那が愛人を作っても、まず自分の立場が揺ぐことはないだろう。だったら、いちいち夫と喧嘩《けんか》するのが面倒で、知らんぷりをしておくというのも……。彼女なら、そう考えるかもしれないな」

「何となく分るわ」

と、爽香は肯いた。「でも、もう一つ心配なのはね……」

「まだ何かあるのか？」

爽香はお茶を一口飲むと、黙って明男を指さした。

明男は面食らっていたが、

「——俺が？　俺がどうしたって？」

「祐子さんよ。誰かに相談したり、思ってることをぶちまけたいと思ったら——」

「俺の所に来るって言うのか？　まさか！」

と、明男は笑って、「もうどんだけ昔のことだと思ってるんだ？」

「分ってるわよ。でも、あり得ないことじゃないと思うの」

「まあ……確かにな」

「ね？　あの人なら考えそうだわ」

「しかし、それはまずいだろう。たとえ、彼女の愚痴を聞くだけだとしたって、お前の立場がある。その朝倉って女がお前を攻撃する材料を捜してるとしたら、社長の妻がお前の亭主と会ったりしてるのは、一番まずいよな」

「分ってくれてればいいの」

「そこまで考えてたのか。さすがは杉原爽香だ」

「からかわないでよ」

「からかってなんかいないさ。――万一、祐子から何か言って来たら、まず知らせるよ」

「ええ、お願いね。あなたはやさしいから、同情したくなるでしょうけど」

「これぱっかりは、二人だけの話ですまないからな」

「そう……。私もね、仕事のこと以外で、あんまり悩みたくないの。今でさえ忙しくて大変なのに」

「何もかも、一人でしょい込むな。人に任せたり、噂話なんかには取り合わないことだ」

「そうね」

「爽香には、大勢味方がついてるだろ。久保坂君も、珠実も俺も」

「本当にね」

と、爽香は微笑んで、「安心して眠れるわ」

「それが一番だ」

そう言うと、明男は、爽香のそばへ行って、そっと唇《くちびる》を触れ合った……。

5　夜道

「お疲れさまです!」

〈NK美術館〉の通用口を出る新見琴江に、夜勤のガードマンが敬礼する。

「ご苦労さま」

と、微笑みながら会釈して、琴江は表に出た。

少し風が冷たい。——しかし、琴江はやや肌寒いくらいの季節が好きだった。

ニューヨークで何年か暮したことがある。あの大都会の冬の寒さは無情と言ってもいい。高層ビルの立ち並ぶ光景では、凍えるような風が凶暴さを伴っている。

ここ、東京の程々の寒さに、ホッとしている琴江だった。

〈NK美術館〉の館長として、こうして夜遅くに帰ることも多いが、苦にならなかった。

新見一族として、小さいころから「美しいもの」を身近に見て育って来た。昼間、美術館が開いているときには、来館する客のことをまず第一に気にかけていなくてはならない。

しかし、閉館時間が来て、館内がひっそりと静まり返ると、後は琴江と名画たちの時間だ。

もちろん、ほとんど毎日のように残って絵を眺めてばかりいるわけではない。

美術展の準備、契約を巡っては、信じられないほどの複雑な条件が付いていることがあるのだ。もちろん、そのためのスタッフがいる。

岸本もその一人だが、琴江も任せきりにはしない。

「でも、ツイてたわ」

と、琴江は夜道を歩きながら呟いた。

リン・山崎の展覧会は、今どこの地方でも開きたがっているのだ。それが、たまたまリン・山崎と昔なじみの杉原爽香とつながりがあった。

なかなか、こう順調に運ぶことはない。

——街灯の青白い光が、夜道にずっと鎖のように並んでいる。

〈NK美術館〉の周囲は、やはり同様の博物館やイベントスペースが集まっていた。

夜道はひっそりと静まり返り、人影もない……。

駅まで十五分。琴江にとってはいい運動だった。だが——。

車のライトが見えた。こっちへ走ってくる。

この辺に夜遅く用がある人は少ないだろう。

すると、突然、車が左右へ首を振るようにカーブした。そして、歩道に乗り上げたのである。

事故？　琴江は二十メートルくらい先の街灯に車がぶつかって停《と》まるのを見た。

ドアが開くと、女性が転るようにして出て来た。そして、琴江の方へと走って来たのである。

「助けて！」

と、その若い女性は叫んだ。「助けて下さい！」

琴江はその女性が裸足《はだし》なのに気付いた。そして、スーツの下のブラウスが左右へ開けられているのを見た。

「おい！　待て！」

車から、大柄な男が降りて来ると、駆け出して来た。

琴江は、自分の後ろにその女性をかばうと、

「何するんですか！」

と、男に向って怒鳴った。

男は足を止めると、

「余計なことするな！　そいつは俺の女なんだ！」

と、指さした。

「違います！　送ってやると言って、無理やり――」

「子供じゃあるまいし、何言ってるんだ！　喜んで乗って来たくせに！」

と、男は唇を歪《ゆが》めて笑うと、「おい、邪魔するとお前もただじゃすまねえぞ」

と、琴江の方へ近寄って来た。

女性は琴江の上着にすがりつくように身を縮めた。

「成行きはどうでも、こんなにいやがってるんですから、諦めた方がいいですよ」

と、琴江は言った。

「やかましい！」

男が手を伸してくる。

琴江は外国での暮しが長いので、いざというとき自分で身を守らなければならないと思っていた。

右手を差し出すと、催涙スプレーを男の顔へ真直《まっす》ぐに吹きつけた。


「ありがとうございました……」

まだ震えていたが、当然だろう。

「何も心配しなくていいわよ」

と、琴江は微笑んで言った。「連絡はついたの？」

「はい……。ここへ来てくれると思います」

と、女の子は言った。

スーツは着ているが、大学一年生というから、お酒も飲めない。

「パーティのコンパニオンは、まだ少し早かったわね」

琴江は紅茶をいれて、女の子に勧めた。

「ご迷惑かけてすみません」

「いいのよ。でも、いいタイミングだったわね、私が通りかかるの」

――琴江は女の子を自分のマンションへ連れて来た。

「あの男の人、大丈夫でしょうか」

「大騒ぎしてたわね。まあ、初めてだと目にしみて大変だから、悲鳴を上げるわ。かなりのもんだから」

と、琴江は言った。「でも、水で洗えば落ちるから、心配いらないわよ」

「そうですか……。車に乗るときは、『近くの駅まで送ってあげるよ』って、やさしそうだったので……」

「一人で帰らないことね、少し遅くなったら」

「はい、そうします」

チャイムが鳴った。

「あら、もう見えたのかしら」

女性の声に応答してオートロックを開けると、少しして、玄関のチャイムが鳴った。

「はい」

ロックを開けて、「——どうぞ。あれ？」

ドアを開けて、琴江は目を丸くした。

「お世話になって」

と言ったのは、杉原爽香だった。

「まあ！　驚いた！　それじゃ——」

「お名前を伺《うかが》って、びっくりしました。——あかねちゃん！」

「爽香さん、ごめんね」

「大丈夫？」

「うん、怖かった」

「お母さん、心配してたわよ。アルバイトするときは、ちゃんと話しておくのよ」

「分ってるんだけど……。バイト代が凄く良かったの」

「払いがいいのは、それだけ問題もあるってことよ。——新見さん、本当に……」

亡くなった河村太郎《たろう》と内縁の妻、早川志乃《はやかわしの》の娘、あかねである。

「いいえ。でも、ふしぎなご縁ですね！」

琴江が愉しげに言った。

「靴、持って来たわよ」

と、爽香は手さげの袋を置いた。

「杉原さん、紅茶の一杯でも」

「ありがたいんですが、車で主人が待っているので」

「まあ！　それじゃぜひご主人も一緒に！　ご挨拶したいわ」

琴江の希望は止められそうもなかった。

ともかく――そういうわけで、五分後には琴江のマンションで、爽香と明男が紅茶を飲んでいることになったのである。

「本当だったら、母が来るところなんですけど……」

と、あかねがちょっと気のひける感じで言った。

「志乃さんはお家のことで大変だもの」

と、爽香は言った。

元刑事だった河村太郎が亡くなった後、妻の布子は〈M女子学院高校〉の教務主任という激務にあり、毎晩帰宅が遅かった。それで河村があかねを正式に認知していたこともあり、早川志乃が河村の家に入って、家事をするようになったのである。

病床の河村太郎を、志乃が面倒みていたこともあって、布子と志乃も至って仲が良く、あかねは河村家の「末っ子」として生活していた。

長女の爽子は二十八歳のヴァイオリニスト、その下の達郎《たつろう》は今、二十四歳で、大学院の博士課程にいる。

志乃が一度子宮がんになったこともあり、あかねがこんなときに爽香を頼ってくるのはいわば習慣のようなものだった。

「布子先生は、私と明男の中学生時代の恩師ですから」

と、爽香は言った。「あかねちゃんは、私の姪っ子みたいなものです」

もちろん、血がつながっているわけではないが、小さいころからずっと知っているあかねのことは可愛《かわい》いし、爽香の娘の珠実も、あかねを「お姉ちゃん」と呼んでいる。

「すてきなご家族ですね」

と、琴江は首を振って、「うらやましいわ、本当に。私も爽香さんの娘のつもりです」

「ちょっとそれは……。私、まだ四十八ですけど」

「でも、今、私が子供産んだら、四十八のとき、子供が三十歳……」

と、あかねが言った。

「ね？　おかしくないでしょ」

と、琴江が嬉しそうに言って、「お母さん！」

と、爽香に抱きつきそうにしたので、みんなで大笑いになった。

「——じゃあ、爽香さんは、これまで色んな事件を解決して来られたんですね！」

あかねが面白がってしゃべるので、琴江は目を輝かせて、爽香の「武勇伝」に聞き入っていた。

「解決したっていっても、名探偵じゃありませんから、私。推理力でスパッと真実を明らかにするっていうより、巻き込まれたあげく、殺されそうになって、しぶとく生き残るって感じで……」

と、爽香は一生懸命説明して、「それに、色んな人に助けられてるんです。ここにいる明男もそうですが、私の代りに負傷したり、命がけで私を守ってくれます」

「すてきなご夫婦ですよね！」

と、あかねが言った。

「あかねちゃん、怖い目にあったこと、もう忘れてない？」

と、爽香に言われて、

「あ、そうだった」

「呑気《のんき》ね、全く！　さあ、長居しちゃったわ。すみません、新見さん」

「とんでもない。私のこと、琴江って呼んで下さい。私も爽香さんって呼びますから」

「分りました」

「それと……」

と、琴江はちょっとためらって、「――こんなこと、お話ししていいかしら」

「何でしょう?」

「今、爽香さんのことを色々伺っていて、思い付いたんですが……」

「おっしゃってみて下さい。大してお役に立てるとも思いませんが」

「実は――」

琴江は座り直して、「今、〈NK美術館〉でも、ちょっとした問題が持ち上っているんですの」

「どのような……」

「殺人事件とか、そんなことじゃないんですけど、もしかすると、犯罪と係《かかわ》ることかもしれないと……」

「琴江さん。私、ただの会社員ですから! そこをお忘れなく」

「もちろん分っています! でも、あかねさんのお話を伺ってると、これは爽香さんにご相談するしかない、という気がして来たんです」

「あの――他にご相談なさる所がおありでしたら、ぜひそちらへ……」

そこへ、あかねが、声を弾ませて言った。

「琴江さん、大丈夫ですよ! 爽香さん、口じゃああ言ってますけど、本当は嬉しいんです」

「あかねちゃん！　それってどういうこと？　私がいつそんなこと言った？」

「聞いた」

「誰から？」

あかねが目を向けたのは明男だった。

「――あなた！　そんなこと言ってるの？」

「いや、そうは言ってないよ」

と、明男が目をそらして、「ただ、『そういやがってもいないんじゃないか』って言っただけで」

「大して違わないでしょ」

と、明男をにらむ。

「それで、何が起ってるんですか？」

と、あかねが身をのり出すようにして訊いた。

「幽霊が出るんです」


河村家まで送って行く車の中で、後部座席の爽香の膝に頭をのせて、あかねは安心し切って眠っていた。

「あと十分くらいで着くわ。――ええ、もう大丈夫」

爽香はケータイで早川志乃へかけていた。

「ただ、落ち着いたら、あかねちゃん、きっと『お腹が空いた！』って騒ぎ出すわよ」

「用意しておくわ」

と、志乃は笑って言うと、「本当にいつもご面倒かけてごめんなさいね」

「お互いさまよ。じゃ、もうすぐだから」

爽香は通話を切ると、少し口を開けて寝ているあかねの顔を見下ろして、

「あかねちゃんも十八か」

と言った。「早いものね」

「そんなことより――」

と、ハンドルを握る明男が言った。「また首を突っ込むのか？　幽霊騒ぎに」

「分らないわよ、まだ。詳しい話を聞かないと」

あまり遅くなっては、ということで、新見琴江から「美術館に出る幽霊」の話を聞くのは、改めてということになった。

「リン・山崎君の展覧会もあるし、話も聞かずに断るわけにはいかないでしょ」

「聞けば、後にはひけないぞ」

「仕方ないわね。私はこういう運命なの」

と、爽香は言って、「でも――聞けば、大したことじゃないかもしれないし……」

自信なげにそう言った。

琴江から話を聞くのは、今度の週末の夜、それも午後十時に、美術館で、ということになった。

爽香はその場で、久保坂あやめの都合を確かめたが、あやめには、

「また、何してるんですか?」

と叱られてしまったのだ……。

6 祝賀

「もしもし、杉原です」

「ああ、爽香さん。お元気ですか？」

「おかげさまで。栗崎《くりさき》様は……」

「今、ロケ先なんです。撮影夕方からなので、温泉に浸《つか》ってらっしゃいます」

爽香にとって、長い付合いの大女優、栗崎英子《ひでこ》。電話に出ているのは、マネージャーの山本《やまもと》しのぶである。

「まだまだお元気ですね。この間のＴＶのドラマ、拝見しました」

「元気なんですけど、今はドラマ作りもスピード第一なので、栗崎様はいつも怒ってらっしゃいます」

「それが元気の素かもしれませんね。それで今日お電話したのは、栗崎様、今年九十歳でしょう？　卒寿のお祝いをぜひ、と思ったんです」

「まあ、気をつかっていただいて」

と、山本しのぶは言った。

「栗崎様のお気持が第一ですから。伺ってみていただけますか」

「分りました。戻られたらすぐに」

——栗崎英子の八十八歳のとき、米寿の祝いをやっていたが、爽香の仕事の都合もあって、身近な人だけの会になった。

爽香としてはそれが気になっていたので、今度の卒寿の祝いをしっかり開きたかったのである。

山本しのぶへ電話して三十分もしない内に英子当人からかかって来た。

「ごぶさたしております」

「どう？ 元気にしてる？」

相変らず、歯切れのいい口調で、声だけ聞くと、とても九十歳とは思えない。

「何とかやっています。それで——」

「しのぶちゃんから聞いたわ。ありがたいお話だけど、ちょっと会って相談したいの」

「はい、もちろん結構です。いつでしたら——」

「明日の夜はどう？ ドラマの収録が夜の八時ごろまでかかるの。その後で」

「かしこまりました。どちらに？ ——あ、〈Nスタジオ〉ですね。分ります。では午後八時に。久保坂と二人で伺います」

仕事はいくらでもあるが、爽香としても、栗崎英子にじかに会う機会は少なくなっているので、嬉しい。

「私も大丈夫です」

と、あやめが言った。「栗崎様、九十ですか！」

「ねえ、少しも衰えた感じがしない」

と、爽香は言って、「でも、あなたの旦那様なんか九十八でしょ」

「人間じゃありませんね、あそこまでいくと」

と、あやめは笑って、「栗崎様のお祝いの会なら、主人も必ず出ると思いますよ」

「ともかく、直接お会いして、お話ししてみましょう」

——その翌日、約束通り、爽香とあやめは、栗崎英子がドラマの収録をしている都内の〈Nスタジオ〉へとやって来た。

「爽香さん」

山本しのぶが玄関で待っていて、「収録が押してるの。二十分くらいかかると思いますけど」

「慣れてますから。お気づかいなく」

爽香たちは、セットを組んだスタジオの隅で、収録の様子を眺めた。

栗崎英子が、しっかり場面を支えている。

そして、孫娘らしい役の女優を見て、

「あれ……果林《かりん》ちゃん？」

と、小声でしのぶに訊いた。

「そうです。すっかり大人になって……」

爽香の部下、麻生《あそう》の娘、果林だ。子役として有名になったが、英子が厳しく育てた。

今はもう二十三歳になったろうか。

相変らず、スラリと長身で、脚の長いこと！　いつ見ても爽香は見とれてしまう。

「はい、ＯＫです！」

と、声が響いた。「お疲れさま！」

「まあ、見てたのね」

と、英子がスタスタと爽香たちの方へやって来る。

「栗崎様のセリフを聞いていると、いつも元気が出ます」

と、爽香は言った。

「私を喜ばせるこつを心得てるのよ、この人」

と、英子は笑って、爽香の肩を叩いた。「少し待ってて、着替えとメイク落としに十分くらい」

「はい。どうぞお急ぎにならずに」

と、爽香は言った。「果林ちゃん、すっかり大人ですね」

「ええ。もう一緒には帰らないのよ」

と、英子はスタジオの扉の方を見て、「迎えに来る人がいるの」

爽香が英子の見ている方へ目をやると、果林が楽しげに男性と話して笑っている。

しかし――どう見ても、果林より背が低くて小太りな、ごく普通のジャケット姿。

「この世界の人じゃなさそうですね」

「高校のときの同級生ですって。木工の職人さんよ」

「へえ。でも、とてもいい感じ」

と、あやめが言った。

「じゃ、スタジオの外のロビーで待っててね」

と、英子は、山本しのぶと一緒にスタジオを出て行った。

「まだまだ当分お元気そうですね」

と、あやめが言った。

「演じることがお好きなのよ。仕事は好きでなかったら、辛いものね」

爽香たちを見付けて、果林が彼氏の手を引いてやって来た。

「爽香さん！　久しぶり！」

「果林ちゃん、きれいね」

と、爽香は素直に言った。

「ありがとう。――これ、彼氏です。川崎《かわさき》君」

「初めまして。杉原です」

「ほら、これが有名な名探偵、爽香さんよ！」

「果林ちゃん……」

「お噂は色々伺ってます」

丸顔を紅潮させて、「ジェームズ・ボンドの秘密兵器みたいなのを作ってるんです、今」

「え？」

「何だか面白いもの、こしらえてるらしいの。爽香さんにプレゼントしたいんですって」

と、果林はニコニコして、「楽しみにしててね！」

手をつないで、二人が行ってしまうと、

「私って、他の人にどう見られてるのかしら……」

と、爽香は呟いた。

「館長」

と、顔を出したのは学芸員の岸本だった。

「ああ、まだいたの」

と、新見琴江はデスクに広げていた画集から目を上げた。

「館長がいらっしゃるのに――」

「そういう旧式な発想はやめて。いつも言ってるでしょ」

「分ってますが……。じゃ、お先に失礼して」

「後はちゃんとガードマンが巡回してくれるから大丈夫よ」

「心配してるわけじゃありませんが」

と、岸本は苦笑して、「では、おやすみなさい」

「はい、お疲れさま」

館長室のドアが閉り、一人になると、琴江はゆっくりと立ち上った。

廊下へ出ると、自販機で紙コップにコーヒーを入れ、それを少しずつ飲みながら、館内へと足を運んだ。

もちろん照明は落ちているが、常夜灯のぼんやりとした明るさの中に、展示してある絵画や彫刻が浮かび上って見える。

それには明るい光の下で見るのとはまた違った、ふしぎな存在感がある。

彫刻などは、リアルな造形でなくても、光の加減で、フッと動き出しそうに見えることもあった。

こうして、夜遅くに一人で館内を鑑賞して歩けるのは、館長の特権だろう。

ガードマンは深夜に二度、この美術館の外と中を巡回するので、さすがに琴江もそんな時間まで残っていることはない。新しい展覧会の直前には、ここで徹夜もするが、そのときは一人で、ということはなく、岸本はもちろん、大勢が夜を明かす。

もちろん、残業を強制はしないが、大方の職員は残っている。

次は、〈リン・山崎展〉に向けての準備が、大きな事業だ。人気が高い作者に関しては、準備も何かと手間がかかる。

ポケットに入れたスマホが鳴った。

「ああ。――ハロー」

アメリカからの電話だ。時差があるので、たまにとんでもない時刻にかかってくる。

しかし、こうして、世界のほとんどの地域と、直接スマホで話せるのだから……。

琴江が大学生だったころは、まだそこまでいっていなかった。

今でも、方々のボーイフレンドと、スマホで喧嘩したりすると、後になって、

「今、オランダとケンカしてたんだ」と気付いて、びっくりする。

「やっぱりケンカは直接でなきゃね」

仲直りのキスもしてあげられないのでは……。琴江は、あくまで肌の触れ合いを大切

に思っていた。

「あら」

杉原爽香からかかって来たのだ。「もしもし」

「先日はどうも」

と、爽香が言った。「あかねちゃんが、お礼の手紙を出したと言っていました」

「それはどうも。メールじゃなくて手紙っていうのがいいですね」

「ちょっと心配なのが、あのとき催涙スプレーをかけられた男性ですが、その後、何か……」

「大丈夫です。もちろん名前も知りませんけど。自分があんなみっともないことしておいて、苦情なんか言えないですよ」

「でも、世の中には色んな人がいますから」

と、爽香は言った。「琴江さんがどういう方か、知らないのですよね?」

「ええ。暗かったし、私の顔を憶《おぼ》える前に、スプレーで目が見えなくなったでしょうからね」

「分りました。それならよろしいですが、万一ということが――」

「ああ、あかねちゃんと逃げるときに、私、スマホで歩道に乗り上げてたその人の車を写真に撮っときました。車のナンバーが分りますよ」

「まあ……。さすがですね！」

「ニューヨーク辺りじゃ、ともかく証拠を残すことが大切ですからね」

「では、もし良かったら、その写真を送っていただけませんか？　車のナンバーが分っていれば、何かのときに役に立ちます」

「探偵・杉原爽香、ですね！　分りました。すぐ送っておきます」

「よろしく。——もうご自宅ですか？　声が響いてますね。もしかして、まだ美術館ですか」

「お祭しの通りです」

「今度の週末に、お約束通り伺います」

と、爽香は言った。「もしかして、これから出るんですか？」

「さあ、どうでしょう。毎晩出るわけじゃないので」

「琴江さん」

と、爽香は少し真剣な口調になって、「その幽霊は、現実に危害を加えたりすることはないですか？」

「はあ。——今のところは」

「用心なさって下さい。人は、自分ではとっくに忘れた昔のことと思っていても、忘れていない人間もいますから」

「名探偵の直感ですか？」

「いえ、琴江さんが、いやでも目立つ方だからです。私のような地味な勤め人とは違って、琴江さんは世間の人から見たら、特別な存在です」

「そうかしら？」

「美人でスマートで、というだけでも、特別ですよ」

「まあ、どうも」

「少しでも、身の危険があるように感じられたら、何か手を打った方がよろしいかと」

「ありがとうございます」

——琴江は、爽香に、あの車の写真を送った。

爽香が、色んな人から頼りにされている理由が分る気がした。

状況を冷静に見ることができるのだ。おそらく誰に対してもこうなのだろう。

年齢は違っても、ずっと友達でいたい、と思わせる人だった。

琴江は館長室へと戻って行った。もう帰ろうか、とデスクの上を片付け始めたとき、気が付いた。部屋の隅のファックスが作動している。

もしかして……。

琴江は、プリントされたファックスが出て来るのを、じっと待っていた……。

7　怪しげな会合

「まあ、相変らず忙しいことね、仕事もそれ以外も」

そう言って、栗崎英子は笑った。

「あやめちゃん、栗崎様に、オーバーに話してるんでしょ」

と、爽香は久保坂あやめの方をにらんだ。

「私は事実をありのままに……」

と、あやめは澄まして言った。

「でも、その新しい展覧会の話は楽しみだわね」

と、英子が言って、「――柔らかい。いいお肉だわ」

と、ヒレステーキにナイフを入れた。

TVドラマの収録が終ってから、夜九時過ぎに、爽香とあやめ、栗崎英子とマネージャーの山本しのぶの四人で、英子が古くからのなじみだというステーキハウスに入った。

九十歳というのに、英子はしっかりステーキを――八〇グラムではあったが――食べていた。

「一度見ておきたかったの」

と、英子は言った。「爽香さんの絵をね」

「そんな……。ちっとも面白くありませんよ。私の裸なんか見たって」

「ニューヨークじゃ、大評判だったんでしょ？　一度それを見にニューヨークへ行こうかと思ってたけど、向うから来てくれるなら、助かるわ」

爽香も、それ以上、何も言いようがなかった。

「それで、栗崎様。ぜひ今回ちゃんと卒寿のお祝いを、と思っているのですけど」

と、爽香は話題を変えた。

「ありがとう。――いい着物を着る機会がなかなかないから、ありがたいわ」

「じゃ、計画してもよろしいですね？　良かった！」

「必要以上に大げさにしてもらうことはないけど、ただ――そうね」

と、ちょっと考えて、「もうこの先、そういう会を開くことはないでしょう。親しい人たちも年齢《とし》を取ってるしね。これでもう会うことのない人も少なくないでしょうから、色々声をかけてみましょう」

「お手伝いしますので、何でもおっしゃって下さい」

と、爽香は言った。「ご希望の日はございますか？」

「仕事が入らない日ね。――しのぶちゃんと相談して。暮れで忙しくなる前がいいでしょう。十一月の中ごろ？」

「会場の空きも確認します」

「私と山本さんで打合せを」

と、あやめが言った。

九十歳になっても、英子は物事を中途半端にしておくのが嫌いだ。

ステーキをしっかり食べながら、早々と候補の日を二日、会場は一か所に絞り、爽香はその場でホテルの宴会係のトップへメールを入れた。

「明日、返事が来たら、すぐに連絡します」

と、爽香は言った。

「よろしくね」

英子は真先にステーキを平らげてしまうと、

「――それで、美術館の幽霊の話はどうなったの？」

爽香が目を丸くして、

「そんなことまで、栗崎様にお知らせしたの？」

と、あやめを見た。

「どんな細かいことでも、チーフに関することはお知らせすることに……」

「あやめちゃんを責めちゃだめよ。私が、『何かもっと面白い話はないの?』って訊くもんだから」

と、英子が笑って言った。

「その件はまだ、向うの話も聞いてないんです。今度の土曜日の夜十時に、その美術館で詳しいことを聞かせてもらうことに……」

と、爽香が言った。

「そう。——しのぶちゃん、土曜日って、何か仕事入ってた?」

「いえ、何も……」

「じゃ、予定に入れて」

「栗崎様、そんな時間にわざわざ——」

「老人にはね、刺激が必要なの。もし幽霊が出たら、私がたぶん一番話しやすいと思うわよ」

言い出したら聞かない人だ。——爽香は諦めて、

「お待ちしております」

と言った。

「おやすみなさいませ」

と、爽香が言って、栗崎英子は走り出したタクシーの中から手を振った。

〈Pハウス〉まで、以前はマネージャーの山本しのぶが送って来たものだが、しのぶももう五十代半ば。

「疲れが残るから、送らなくていい」

と、英子がやめさせたのである。

夜遅いと道路も空いているので、〈Pハウス〉まで都心からでも三十分くらいのものだ。

座席に落ちつくと、英子はバッグからケータイを取り出して、発信した。

「――もしもし。栗崎英子です。――夜分にごめんなさい。――ええ、そうね。私も夜ふかしの不健康人間よ。――それで、今、杉原爽香さんに会ったわよ。――そうね、特にいつもと変った様子はなかったけど。でも、あの人は、自分が疲れてても、人前では見せないからね」

と、気楽な口調でしゃべっている。

「ええ、今度ゆっくり会ってお話ししましょう。いつでも、って言いたいけど、スケジュールってものがあってね。――ええ、こっちから都合のつく日を。――待ってね。今、決めてしまいましょう」

英子はバッグから手帳を取り出した。いつも通り、せっかちな英子だった……。

「ごめんなさい……」

真由子の声は消え入りそうだった。

「そんなに落ち込まなくたって」と、爽子は苦笑した。「ほら、ちゃんとワインを飲んで。せっかく頼んだんだから」

「うん……」

夜遅く開いているレストランで、河村爽子と並木真由子は食事をとっていた。

地方都市を五か所回る今回のツアーは、今夜の東京近郊の町で最後だった。

開演が夕方五時、と早かったのは、ホールの都合で、爽子は集客に影響が出るかと心配したが、客席は九割方埋っていた。

都心へ戻って、ツアーの「打上げ」、ということになったのだが……。

ピアニストの並木真由子が落ち込んでいるのは、本番でのヴァイオリン・ソナタのとき、一瞬真由子のテンポが狂ったせいだった。

爽子がとっさにヴァイオリンの方でそれに合せたが、真由子が動揺して、その後、いくつかミスタッチがあった。

「大丈夫よ」

と、爽子はワインを飲みながら、「よほど詳しい人でなきゃ、気が付かなかったわ」

「でも……自分が許せない」

と、真由子は言った。「爽子さんの判断でピアニストを換えてね」

「はいはい」

と、爽子は言った。「同じミスが二度三度あったら考えるけど、差し当りはそんなことないわ」

「ありがとう。――帰ったら、一から練習するわ」

二人はやっと落ちついてパスタを食べ始めた。――しかし、爽子は確かに気にしていた。

もちろん、どんな名手だって、人間だから間違えることはある。ただ、真由子のような伴奏のピアノは、譜面を置いて演奏するのが普通だから、ミスはめったにない。

あの突然のテンポの狂いは、何か他の原因があったのではないか、と爽子は気にしていたのである。

ツアーでも、ホテルで同じ部屋には泊らない。真由子は、

「いびきが大きいから」

と、恥ずかしそうに言っていたが、爽子はもっと深刻な理由があるのではないか、と思っていた。

しかし、そこまで訊いていいかどうか……。

気の合うパートナーといっても、それぞれが独り立ちしている演奏家である。相手の私生活にまで踏み込むのは間違いだろう。

「真由子ちゃん、この後はコンサート、入ってるの？」

と、爽子は訊いた。

「コンクールの伴奏。明日から半月ぐらい休みなしよ」

「そうか。ご苦労さま」

と、爽子はデザートをオーダーしてから、「でも、真由子ちゃんに当った出場者はラッキーだよね。しっかりサポートするじゃない」

「当り前のこと、やってるだけ」

と、少し照れながらも、真由子は嬉しそうだった。「でも、本選まで残る人が多いと、いつまでも付合うから大変よ」

それでも、自分が伴奏した出場者が本選に残ると、ピアニストとしては嬉しいものだ。

もちろん、コンクールだから、出場者の力が問われるのだが、そこは人間同士。性格の相性ということもある。

伴奏者としては、あくまで出場者の解釈に合せるのが原則だが、解釈に迷いがあるとき、伴奏のさりげない付け方で、納得するということがあるのだ。

「ヴァイオリンだけ？」

と、爽子が訊いた。

「声楽も三人。——凄く大きなソプラノの人がいるの。どこで息つぎするのか、楽しみ」

と、真由子は言った。「爽子さん、この後はコンチェルト?」

「うん。同じプロで二回弾いて、その後は教える方もやらないと」

「そうか。次の共演は話、来てる?」

「事務所に確認しとくよ。早めに知らせる。あ、それで、前から言ってた、ピアノトリオ。一度、合せてみようよ」

「私じゃお客、来ないよ」

「そんなことないって。トリオは三人の力が合さるんだから。ともかく、具体的な公演の話じゃなくて、三人でやってみて、後の話はそれからでいいじゃない。コンクール終った辺りで、一度集まってみよう」

「うん……。やってみるのは楽しいだろうけど」

と、真由子はちょっと自信なげに言った。

ピアノトリオは、ピアノ、ヴァイオリン、チェロの三重奏である。ベートーヴェンの「大公」などが有名な曲だ。

ピアノが主になることが多いので、トリオを組むときは、名のあるピアニストが中心になる。

確かに、真由子にはそれほどの知名度がない。しかし、三人がそれぞれ勝手に弾いていては曲にならないので、各人の持つ音楽性やキャラクターがうまく合うことが大切なのだ。

その点で、爽子は真由子と一度組んでみたいと思っていた。もう一人の、チェロについても、心当りがあるので、真由子がその気になったら話してみるつもりだった。

「あーあ」

と、爽子は一杯に伸びをして、「明日は思い切り寝るぞ！」

と宣言した。


この夜も、新見琴江が美術館を出たのは、夜の十時を過ぎていた。

「明日は土曜日、と……」

杉原爽香たちが夜の美術館へやって来る。

琴江は、楽しみにしていた。もちろん、爽香に相談したい「幽霊」の話も本当のことだが、むしろ夜の美術館を案内できることが嬉しかった。

美術館を出て、人気のない道を歩き出すと——。

「アーッ」

という女性の声がして、足を止めた。

でも……どうも悲鳴じゃないようだ。

悲鳴でないことは、すぐに分った。それは「歌声」だったのである。

それも、琴江のよく知っている歌、オペラ「蝶々夫人」の「ある晴れた日に」だった。

堂々とした声量で、その歌声は、夜の屋外に広がって行った。

琴江は、街灯の明りの下で、コートをはおったまま、一人歌っている女性を見付けた。

まだ若いのだろうが、ともかく大きい。太っているのも確かだが、背丈もあり、全身ががっしりと、大理石の柱のように地面に立っていた。

そして、琴江に気付くと、ハッとした様子で歌を止め、

「すみません！」

と言った。「びっくりされましたか」

「いいえ」

と、琴江は首を振って、「とてもいいお声ね。聴き惚《ほ》れてましたよ」

「そんな……。恐れ入ります」

大きい体の割に、気が小さいのか、すっかり照れている。

「でも、ここで歌って、寒くない？」

と、琴江は言った。「喉《のど》に良くないんじゃないかしら」

「でも、思い切り声を出せる所がなくて。アパートで一人暮しなんです」

と、その女性は言った。「アパートでこんな声出したら追い出されちゃう」

言っていることが、どことなく呑気な感じで、琴江は微笑んだ。

「もちろん、ここで歌ってたって、一向に構わないのよ。周囲は美術館とかですからね。でも、警備の人がびっくりするかもしれないわね」

琴江は少し考えて、「じゃ、こうしましょ」

――〈NK美術館〉の空間を埋めつくすように、そのソプラノの力強い声は朗々と響き渡った。

「――すばらしい!」

と、琴江は拍手した。

「ああ……。いい気持ちです!」

と、息をついて、「あの……私、金田夏子《かねだなつこ》といいます」

「音大の学生さん?」

「いえ、もう少し年齢を取っていて、二十八歳のOLです」

「へえ。でも声楽で――」

「音大のときの先生にずっと習っています。今度、コンクールがあって、予選を通ったので、ちょっと頑張ってみようかと……」

「そう。それだけの声、もったいないわよ、使わなくちゃ」

と、琴江は言った。「じゃ、ここが閉館したら、歌いにいらっしゃい。コンクールはいつなの？」

「来週からスタートです。もちろん、すぐ落ちるかもしれませんけど」

「そんな！　自信を持ちなさい！」

と、琴江は励ました。

「ありがとうございます」

と、金田夏子はちょっと目を潤《うる》ませながら言った。「あの――また明日の夜、歌いに来てもいいですか？」

「明日ね……」

琴江は少し考えてから、「いいわよ。ただ、明日は他に聴衆がいるかもしれないわ」

「お客様ですか？　それなら――」

「大丈夫。ただ……幽霊も一緒かもしれないけどね」

琴江の言葉に、夏子は目を丸くした……。

8 足音

「え？」

新見琴江は、一瞬言葉を失った。「――本物の栗崎英子さんですね！ まあ、何てこと！」

〈NK美術館〉の職員通用口から、爽香と一緒に入ってきた女性を見て、琴江は目を疑ったのである。

爽香は前もって琴江に連絡していなかった。

何といっても英子の年齢を考えると、

「やっぱりやめておくわ」

ということになるかもしれない、と……。

しかし、結局、英子の好奇心はただならぬエネルギー源になっていることが証明されたのである。

「新見琴江です。お目にかかれて幸せです！」

「でも、あなたはずっと日本にいなかったのでしょう?」

と、英子が言うと、

「でも、海外にいると、日本の映画やドラマが見たくなるんです」

と、琴江は言った。「今はネットでずいぶん昔の映画も見られますので。でも、お変りになりませんね」

「まあ、年寄を喜ばせるのはお上手ね」

と、英子は笑って、「私はこの爽香さんの親友なの。あなたも、少し似たところがあるわね」

「栗崎様、琴江さんは私を母親扱いしてるんですから。年齢の違いは……」

「年齢なんて、大して違わないわ。せいぜい、五、六十年でしょ。過ぎてしまえば、アッという間よ」

「どうぞお入り下さい。――あ、どうも」

爽香には、夫の明男と、久保坂あやめがついて来ている。

「まあ……。すてきな雰囲気ね」

展示室へ入ると、英子はやや照明の落ちた空間に、絵画や彫刻が並ぶ光景を見て、ちょっと足を止めた。

「昼間ご覧になるのと、また違った趣《おもむき》でしょう?」

と、琴江が言った。「私も、閉館した後の館内を歩くのが大好きで」

「いいわね！　羨《うらやま》しいわ」

と、英子はため息をついて、「――ここなら、出てもおかしくないわね」

「もう少しお待ち下さい」

と、琴江は微笑んで「他に一人、ご紹介したい人が……」

そこへ――館内に朗々と響いて来たのは、豊かな歌声だった。

「まさか、これが幽霊の声？」

と、英子がびっくりして言った。

「いえ、歌の練習に来ているんです。どうぞ、ホールの方へ」

正面入口を入った所が広く天井の高いホールだった。

そこで、爽香が目を見はるほどの体格の女性が歌っていた。伴奏はないが、メロディラインはきれいに聴き取れた。

「トスティの歌曲ですね」

と、琴江が言った。

歌い終ると、拍手がホールに響いて、琴江が金田夏子を紹介した。

「どうぞこちらへ」

琴江が一同を喫茶室へと案内した。

もちろん閉っているのだが、今は明りが点《つ》いて、

「まあ、岸本さん」

と、あやめが言った。

学芸員の岸本が、カウンターの中で、コーヒーをいれていたのだ。

「残業させたわけじゃないんですよ」

と、琴江は言った。「本人が、ぜひ残りたいというので」

席につくと、爽香は金田夏子へ、

「今聞いた話だと、コンクールに出るんですね？」

「はい、一応」

「私、ヴァイオリンの河村爽子さんと親しいんだけど、来週から始まるコンクールの話をしていたわ。もしかして……」

「河村爽子さんといつも組んでおられるピアノの並木真由子さんが、コンクールで伴奏して下さることになっています」

「まあ、そうなの！　面白い偶然ね」

岸本がみんなにコーヒーを出す。

「上手《うま》くなったわね、コーヒーいれるのが」

と、琴江がひと口飲んで言った。

「岸本さんも、幽霊のことを知ってるの？」

と、あやめが訊いた。

「ええ。でも——ああいうものにはあまり係り合ない方が……」

岸本は結構真顔で言った。

「それで、どういうことなの？　聞かせてちょうだい」

と、英子が身をのり出すようにして訊いた。


〈琴江、待たせたね。

もうすぐだ。君に会いに行く。

君を必ず僕の住む世界へ連れて行くよ。

もう少しだ。

A〉

そのファックスを、一人ずつ回し読みして、爽香が、

「この〈A〉って誰なんですか？」

と、訊いた。

「神崎《かんざき》晃夫《あきお》といって……。〈A〉は晃夫の頭文字です。私がニューヨークで一年くらい一緒に暮していた男です」

「今は日本に……」

「いいえ」

と、琴江は首を振った。「彼は死にました」

ちょっと間があったが、

「――もしかして、このファックスが幽霊ですか？」

と、爽香は言った。「でも、幽霊はファックスなんか送りませんよ。しかも、これはパソコンで打った文字でしょう。もちろんそんなことはお分りですよね」

「私も、いたずらかと思っていました」

と、琴江は肯いて、「神崎の知り合いの誰かが、私のことを恨んでいるのかと……。でも、思い当ることがないんです」

「ファックスはこれまでにも？」

「ええ。大体週に一度、夜遅くに入って来ます」

と、琴江は言って、「すみません。肝心のお話が後回しになってしまいました」

「じゃ、幽霊は別のお話なのね？」

と、英子が言った。

「足音です」

「足音？」

と、爽香が言った。「この美術館の中で、ですか？」

「ええ。――ご覧の通り、この美術館の建物はもうかなり古いので、色々音がしてもふしぎではないのですが――」

「館長！」

と、岸本が遮《さえぎ》った。「聞こえます！」

誰もが息を殺した。

確かに、美術館の中に、遠い足音が響いている。

「怖いわ！」

と言ったのが、金田夏子だったので、何となくみんなどう反応していいか分らなかった。

「ともかく、行動ですね」

と、爽香が立ち上って、「みんなで見に行きましょう」

「賛成」

と、英子が言うと、

「栗崎様はこちらでお待ち下さい」

「せっかくここまで来たのよ」

「ここにも人が必要です。栗崎様に何かあるといけませんから、岸本さん、ここで栗崎様といて下さい」

「承知しました」

琴江を先頭に、一同は館内へと足を運んだ。


それは確かに靴音のように聞こえた。

音は館内に響くので、どこから聞こえているのかはよく分らないのだ。

「――二階ですかね」

と、あやめが言った。

「行ってみましょう」

広い階段を上って行くと、足音はよりはっきりと聞こえた。

「展示室で、今、閉っている所も」

と、琴江が言った。「いつも全室使っているわけではないので」

「鍵がかかってるんですか？」

「開けましょう」

琴江はポケットから鎖にさげた鍵の束を取り出した。

鍵のかかっていた三つの展示室を全部開けて回る。

「明りは各部屋のドアのすぐ脇です」

「入りましょう」

「待て」

と、明男が止めた。「万一、危険なことがあったら。僕が入る」

「じゃ、明りを点けて」

「任せろ」

ドアの一つを開けて、明男が入ると、明りを点けた。

ガランとした部屋。――足音はその中にも響いていた。

「――どの部屋も同じだ」

三つの展示室は、どこも空っぽだった。

そして――。気が付くと、足音はどこかへ遠ざかって行くように、少しずつ小さくなって行った。

「消えそうですね」

と、爽香は言った。

足を止めて聞いていると、やがて足音は消えた。

「――あまり危険な印象はありませんね」

と、爽香は言った。

「毎晩というわけではないんです、もちろん」

と、琴江が言った。

「あのファックスが来るようになったのと、足音とは、どちらが先ですか?」

と、爽香は訊いた。

「そうですね……。ファックスはここ三か月くらいですが、足音は……。前から音がしていたのかもしれませんが、いつも夜遅くまでいるわけではないので」

みんなが喫茶室に戻ると、英子のそばにくっつくように、夏子の大きな体が寄り添っていた。

「もっと派手なのかと思ったわ」

と、英子が言った。

「がっかりしないで下さい」

と、爽香が苦笑した。

「あの……」

と、夏子がおずおずと、「ここにも聞こえていましたけど……」

「ええ。何か気が付いたことでも?」

「ちょっと……その……」

と、口ごもっている。

「何でも言ってみて」

「足音が小さくなったら、ノイズが……」

「ノイズ？」

「大きく響いてるときは分らなかったんですけど、どんどん小さくなると、テープノイズが聞こえました」

音楽家の耳だ。かすかな音も聞き分けるのだろう。

「よく、練習に古いカセットテープを使って、何年も前のレッスンを聞いたりします。MDとかにはありませんが、テープだと、音が入っていなくても、テープがヘッドをこすっているノイズが聞こえるんです。今、そのノイズが……」

「じゃ、あの足音はテープで流してるということ？」

「だと思います」

爽香は、夏子の肩を叩いて、

「あなたがいてくれて良かったわ」

と言った。「琴江さん、この建物のどこかに、スピーカーが隠してあるはずですよ」

「ええ。早速探してみますわ」

と、琴江は言った。「岸本君、何人かで手分けして探しましょう」

「分りました」

英子はコーヒーをゆっくり飲み干すと、

「ただ、どうしてそんなことをする必要があるのかしらね。——爽香さん、何か犯罪の匂いはする?」

「栗崎様」

と、爽香は眉をひそめて、「私、警察犬じゃありません!」

9　伴　奏

「はい、お疲れさま」

と、並木真由子は言った。「後は本選の日にね」

「よろしくお願いします」

今二十歳《はたち》のヴァイオリニストの娘の額には汗が浮んでいた。

「しっかり寝るのよ。リラックスしていないと、弾くときにこわばった音が出る」

「はい！　並木さんのおかげで、何だかいらない緊張感が取れたみたいです」

真由子は笑って、

「私の呑気さがうつったかしら？」

と言った。「当日、寝坊しないでね」

「はい！」

爽やかな笑顔だった。

リハーサル室で一人になると、真由子はもう一度、予定表を見直した。

コンクールには、運不運ということがある。コンクール当日、電車の事故で到着が遅れることも。もちろん、その場合は失格にならないが、「間に合わない」という焦りがコンディションを狂わせてしまう。

何といっても、十代から二十代半ばくらいまでの若者たちである。本番でガチガチに緊張するタイプの子は、まず勝てない。

真由子は、伴奏ピアニストとして、できるだけ担当する参加者をリラックスさせるように心がけている。

少なくとも、参加者が、「この伴奏で大丈夫かしら？」と不安がらないように努めていた。そして、その点では、ほとんどの参加者から、結果はともかく、

「共演できて幸せでした」

と感謝されていた……。

「——明日は午前一人、午後二人か」

と、予定表を見て、真由子は呟いた。

ヴァイオリン二人と声楽一人。

コンクールには、全員が必ず演奏しなければならない課題曲がある。他に何曲かの内の一曲を選んで、コンチェルト。

オーケストラが付くのは最終選考に残った者だけなので、その前にはピアノでオーケ

ストラのパートを弾かなくてはならない。

「ちゃんと練習しないと……」

毎年、二つ三つのコンクールで弾いている真由子は、大方の課題曲は頭に入っている。しかし、だからといって気を抜けば、参加者の演奏のイメージそのものが悪くなることもある。

ほとんどの参加者にとっては、たった一度の機会。そして、その結果が人生を左右するのだ。

「マッサージにでも行こうかな」

と、首を左右へ傾けて、ピアノから離れる。

大きなショルダーバッグに、楽譜の束をドサッと入れて、リハーサル室を出た。そこで足を止める。

目の前に、大きな壁が——いや、大柄な女性が立っていたのである。

「並木先生ですね。私、今度お世話になる——」

「金田さんね。分るわ、一目で」

と、真由子は言った。「今日、練習の予定だった？」

「いいえ！　明日からです。ただ——一度ご挨拶しておきたかったので」

「まあ、ごていねいに」

と、真由子は微笑んで、「今度のコンクールじゃ、あなたと組むのを一番楽しみにしてたのよ。頑張りましょうね」

「はい。よろしくお願いします」

と、金田夏子は深々と頭を下げた。

ホールを出ると、もう外は暗い。

「ちょっとお茶してく？」

と、真由子は言った。「審査員じゃないから、大丈夫よ」

「はい、それじゃ……」

目の前のハンバーガーの店に入って、真由子はチーズバーガー、夏子はジャンボバーガーを頼んだ。

「――爽子さんから聞いたわ」

と、二階席でハンバーガーを食べながら、真由子は言った。「杉原爽香さんと会ったんですってね」

「ええ、おかげさまで夜、美術館で歌わせていただけて……」

夏子の話を聞いて、

「そんなことがあったの。――杉原さんって、年中事件に巻き込まれてる人なのよね」

「でも、とてもいい方ですね。お話を伺ってて、そう思いました」

夏子はアッという間にジャンボバーガーを食べ終えてしまっていた。

そのとき、真由子は誰かの視線を感じた。

店の中を見回したが、特に見知った顔はない。――気のせいかしら？

「明日はレッスン時間のどれくらい前に行けばいいですか？」

と、夏子に訊かれて、真由子は我に返った。

「そうね……。前の人がいるから、あんまり早くても、廊下で待ってもらうことになるわ。十五分前くらいでいいと思うわ」

「分りました」

夏子は肯いて、「ちょうど駅が見えるんですね、このお店」

二階の窓側のテーブルについていた二人からは、私鉄の駅の改札口が目に入った。

真由子はバスで帰るので、その駅を使うことはないのだが、改札口からは、帰宅する男女が次々に出て来る。

そして――真由子はこっちを見ている男に気付いた。今感じた視線はあの男だろうか？

でも、こんなに離れているのに。

改札口の明りを背に受けているので、顔は暗くなってよく分らない。それでいて、真由子はその男が自分を見ている、と感じていた。

「——並木さん、どうかしたんですか?」

夏子に訊かれて、

「え? いえ——そうじゃないの」

一旦手もとに目をやって、ふともう一度駅の方へ目を向けると、その男はもういなかった。——あれは幻だったのかしら?

でも、確かに……。

「——真由子と呼んで。私も夏子さんって呼ぶから」

と、真由子は言った。「オペラのアリアは何にするの?」

「迷ってるんです。〈ボエーム〉の〈私の名はミミ〉にするか、〈椿姫〉にするか……」

「あなたの声域なら大丈夫ね。——あ、ごめんなさい」

真由子のケータイが鳴った。「もしもし?」

周囲を気にして小声で言った。

「あの——谷田《たにた》です。ヴァイオリンの」

と、男の子の声。

「ああ、谷田修一《しゆういち》君ね。何か?」

今度のコンクールにヴァイオリン部門で出場する、十七歳の高校生だ。

「明日のレッスンですけど……ちょっと具合が悪くて……」

と、口ごもる。

「あら、いけないわね。じゃ、明日は休む？　時間を他の日に振り替えてもいいわよ。空いてれば」

「ありがとうございます。ただ……今はちょっと先の予定が……」

「そう。それじゃ、分り次第連絡ちょうだい。——大丈夫なの？」

「はい、大したことないんですけど……」

「じゃ、早く治して、出て来てね。あんまり日がないから」

「分りました。すみません」

「お大事に」

真由子が通話を切ると、夏子が、

「コンクールの……」

「ええ。ヴァイオリンの子なの」

「病気なんですか？　気の毒ですね」

夏子はそう言って、「私は喉が大事だから風邪は大敵ですけど」

「そうね。でも……」

と、真由子はちょっと首をかしげて、「今の子、高校生なんだけど、いい腕をしてるの。でも、今の電話、何だかおかしいわ」

「どうかしたんですか」

「具合が悪い、って言ってたけど、病気って感じじゃなかった。何か他の事情だったんじゃないかしら」

「でも、コンクール直前で、そんな……。よっぽどのことでない限り、休みませんよね」

「そうよね。その『よっぽどのこと』でないといいんだけど……」

そう言って、真由子はやっとチーズバーガーを食べ終った。


言えなかった。

谷田修一は、ケータイを手にして、じっと座っていた。

どうしても、言えなかった。

「僕、コンクールに出ません」

とは……。

本当に熱心に伴奏をつけてくれる並木先生。そのピアノで弾いていると、ヴァイオリンが喜んでいるように、よく鳴るのだ。

後何回もない、合せの機会。でも——もうそんなことはどうでもいい。

コンクールには出ない。そう決めたのだから。

そのとき、玄関で音がして、修一は、

「お母さん？」

と、声をかけて、急いで自分の部屋から出た。

もちろん、母親に決っている。このアパートに住んでいるのは、修一と、母、谷田わか子《こ》の二人だけなのだから。

玄関へ出て、修一は母が上り口にすがりつくようにうずくまっているのを見て、息を呑んだ。

「お母さん！」

急いで抱え上げるようにして、「靴を……」

靴を片手ではたき落とすようにして脱がせると、

「立てる？　布団に入って。敷いてあるからね」

「いいの……。大丈夫よ」

と、かすれた声で言うと、谷田わか子は、「早く……練習しないと……。時間が遅くなると……」

「うん、いいんだ。もう今日は充分練習したから」

「そんな……。コンクールまで、もう少ししかないじゃないの。もっと練習して……」

母親を布団に寝かせる。

「このまま寝たら風邪ひくよ。ちゃんと着替えて。お風呂は明日の朝にするんだろ」

「あんたは、そんなことに気をつかわなくてもいいの。今は、ヴァイオリンだけに集中しなさい……」

わか子の吐く息は酒くさかった。

「お母さん、バーで飲んだの？」

「仕方ないよ。仕事だからね」

と、舌足らずな口調で、「ホステスが飲まないんじゃ、客も景気がつかない……」

「お母さん！　この手……」

服を脱がそうとして、修一は母の手がまるで古紙のように乾いてガサガサになっているのにびっくりした。

「ああ……。大丈夫。洗剤でね。どうしても荒れるのよ」

「お母さん、ビルの清掃も、まだやってるんだね？　体がもたないよ」

「ひと眠りすりゃ、どうってことないわよ」

わか子はそう言って、「悪いけどね、お水一杯、持って来てくれる？」

「うん、いいよ」

「ごめんね。あんたは忙しいのに……」

修一は冷蔵庫のミネラルウォーターをグラスに注《つ》いで、わか子へ持って行ったが――。

もうわか子は眠ってしまっていた。

「お母さん……」

病院に連れて行かなくては。

医者からは、

「ともかく早く入院して検査を受けないと」

と言われている。

でも、わか子は、

「息子はコンクールに出るんです！　それが終ってからじゃないと」

と言い張っている。

修一は、母の服を脱がせると、毛布をかけた。

「僕のせいだ……」

と、修一は呟いて、その場に座り込むと、しばらく母を眺めていた。

こんなにも必死になって、我が子をコンクールに出場させようとする母。しかし、今何とかしなければ、本当に「手遅れ」になってしまうだろう。

コンクールと引きかえに、母を死なせるわけにはいかない。しかし、コンクールに出ない、と修一が言ったら、母は素直に入院しないだろう……。

修一は、眠っている母の方を気にしながら、ケータイを手に、台所へ行って、発信した。

遅い時刻だが、起きているだろう。

少し長く呼び出していたが、

「――もしもし」

相手が出た。眠っていて、起こされたという声ではない。

「谷田修一ですが」

「うん。――どうする？」

その女性の声はやさしかった。

「売ります」

と、修一は言った。「すぐにお金、もらえますか」

「もちろんよ。あちらはいつでも用意するでしょう」

「じゃあ……すぐに」

「分ったわ。向うに連絡する」

少し間があった。

本当にいいの？　――そう念を押されたら、泣いてしまいそうだった。

それを、向うも分っていたのだろう。

「五百でいいのね？」

とだけ言った。

「ええ。五百万で」

「それじゃ――」

「それで、ひとつお願いが」

「何かしら？」

「代りのヴァイオリンを、貸していただけないでしょうか。手もとに失くなると、母が……」

「分ったわ。どれくらいの物が用意できるか分らないけど」

「もちろん、何でも……。ただ、ひと目で違うと分るようだと……」

「捜してみましょう。でも、明日、明後日っていうわけにはいかないかもしれないわよ。どんなのでもいいということなら、明日にでも用意するけど」

「僕のと交換できればありがたいんですけど」

「そうね。――先方とも相談してみましょう。あなたの楽器が手に入るなら、喜んで協力してくれると思うわ」

「よろしくお願いします」

「でも――コンクールには出るんでしょ？」

「はい。出て落されるのは仕方ありませんから、母も……」

「お母様、お大事にね」

「ありがとうございます」

「じゃ、明日には連絡するわ」

と、その女性は言った。「修一君、偉いわね」

「いいえ。──本当は、もっと早く決心しなきゃいけなかったんです」

と、修一は言った。

「修一君。──お母さんの入院先は決ってるの？」

「いえ……。通ってる病院にするしか……」

「私のよく知ってる病院があるわ。これから入院して検査するのなら、どこでも同じでしょ」

「そうですけど……」

「じゃ、その件も明日には連絡します。いいわね？」

「よろしくお願いします」

と、修一は言って、通話を終えた。

10　声の波紋

〈NK美術館〉の空間を圧して、ソプラノの高音が響き渡った。

「凄い……」

と呟いたのは、杉原瞳だった。

延々と続いた高音が静かに消えると、拍手が起った。

「どう、瞳ちゃん？」

と言ったのは爽香だった。

夜、この美術館で、金田夏子が練習していることを爽香から聞いて、瞳が、

「ぜひ聴きたい！」

と、ついて来たのである。

「聴いていただいて、ありがとう」

と、夏子が礼を言うと、

「とんでもないです！　私こそ、聴かせていただいて」

と、瞳があわてて言った。

「今、大学生？」

「短大を出て、研究科生です」

「コンクールとか……」

「まだまだ無理です！　金田さんとはレベルが違います」

「体重もね」

と言って、夏子は笑った。

声楽は、器楽と違って、「若い天才」はいない。大人の体ができないと、本当の声は出ないからだ。

「コンクール、聴きに行きます」

と、瞳は言った。

「やめて、やめて！　私、知ってる人が聴いてると思うとあがっちゃうの」

夏子は結構本気で言っているようだった。

「——毎晩、すてきな歌が聴けて、幸せよ」

と、琴江が言った。「このホールが一番よく響くようね」

「そうですね。コンクール会場じゃ、こんなに響かない」

「ああ、そういえば」

と、琴江がホールで両手を広げて、「ここに入って、正面に、爽香さんの絵をドンと飾ろうと思ってます」

「インパクトあるわね」

と、瞳は爽香を見て言った。

「そんなインパクト、いりません」

と、爽香はプイと横を向いた。

「あ、私、お話、聞きました」

と、夏子が声を上げると、ホールにワーンと響く。「でも、その絵を拝見したことがないので、ぜひ――」

「ねえ、あれはもう、ひとつの作品として命を持っているんですよ」

と、琴江は言った。「アムステルダムでの個展でも、あの絵は一番の人気だそうです」

「もう諦めてますから」

と、爽香は肩をすくめて、「お好きなようにして下さい」

「じゃ、ぜひオープニングに、あの絵の横に並んで立って下さい！　凄い話題になります」

「ちょっと待って下さい！　私はモデルじゃなくて、会社員です。会社を休んでそんなことしてたら、クビですよ」

「大丈夫です」

と、琴江が自信たっぷりに肯いた。

「もうおたくの社長さんに許可をいただいてます」

「え？」

爽香は目を丸くして、「うちの社長に——田端に会ったんですか？」

「一昨日《おととい》、会社へお邪魔しました」

言う前に行動。——爽香なら、事前にひと言伝えるだろうが、その辺は四十八歳と三十一歳の差なのかもしれない。

「分りました」

と、爽香はため息をついて、「私は服着ててもいいんですよね」

——夏子が思い出したように、

「あの足音はどうなりました？」

と、琴江に訊いた。

「スピーカーを発見しました」

と、琴江が言った。「装飾の彫刻とかが沢山あるでしょう。そういう裏側とか、小さな隙間にいくつかセットしてありました」

「でも、何のために？」

「それが分らないんです」

と、琴江は首をかしげて、「それに、スピーカーはコードレスで、どこでテープを再生しているのか、まだ分りません。今度、盗聴器を捜したりする専門の業者に頼んで、発信している所を調べてもらいます」

「大事になりましたね」

と、爽香が言った。

「でも、何か直接の被害があったわけじゃないので……。ともかく、調査を待ちます」

「誰がそんなことしてるんでしょうね。——幽霊騒ぎにしてはおとなしいし」

と、瞳が言った。

「では、今夜はもう引き上げましょう」

と、琴江が言った。「夏子さんも、いよいよコンクール、もうすぐですね。喉を大事に」

「ええ。毎晩、ちゃんとアルコールで消毒してます」

と、夏子は笑って言った。

「じゃ、私も消毒にお付合しようかな」

と、琴江が言った……。

「遅くまですみません」

と、母親の方が何度も頭を下げる。

「いいえ。——テンポが走り過ぎるのに気を付けてね」

と、真由子は言った。

「はい、ありがとうございました」

高校生の女の子である。

コンクールで、ヴァイオリンを弾く。真由子が伴奏を担当する一人だ。

母娘が帰って行くと、真由子はホッと息をついて、

「お腹が空いた！」

と、ひとり言を言った。

コンクールが近くなって、合せの予定が詰っているので、夕飯を食べそこねていた。

「帰りに、また丼物《どんぶりもの》かな……」

コートをはおって、リハーサル室を出る。

コンクールの時期、ここの音楽大学が、リハーサル室を使わせてくれているので、助かっていた。

もう学内は暗く、人の姿がない。

校門の脇の小さな扉から表に出ると、駅へと足早に歩き出す。

すると、車が一台、真由子のそばへ寄って来て停った。足を止めると、

「――今ごろ帰りか」

車の窓から、白髪《しらが》の懐しい顔が覗《のぞ》いた。

「先生！　お久しぶりです」

と、真由子は思わず声を上げた。

真由子のピアノの師である、桐畠徹三《きりはたてつぞう》だった。今はもう七十過ぎで、N音大の学長。

「もう帰るんだろ？」

「いえ……。夕飯、これからなんで」

「また、出場者の都合に合せてやってるんだな？　君はちっとも変らんね」

と、恩師は笑って言った。

「先生、どうしてこんな時間に――」

「ともかく飯を食おう。私もまだなんだ。ひいきの店が近くにある」

「でも……」

「さあ、乗れ。久しぶりで、話したいこともある」

真由子は、言われるままに車の助手席に乗った。車はBMWの新車だった。

――車で十分ほどのイタリア料理の店で、真由子はパスタやリゾットを食べて感激した。

「こんなにおいしいものなんですね、スパゲティって」

と、思わずため息をつく。

「たまには、こういういい店で食べることも大切だよ」

と、桐畠は言った。「ピアノの表現にも、つやが出る」

「でも、お財布がひからびてしまいそう」

と、真由子は笑って言った。

「――ところで」

と、デザートの皿が出てくると、桐畠は言った。「実は今夜、あそこで君を待っていたんだ」

「え？　そんなこと……。お電話でもいただければ、いつでも伺いますよ」

「いや、二人きりで話したいことでね」

桐畠の口調は微妙に変っていた。

「先生……」

「コンクールで、谷田修一という子の伴奏をするだろう？」

「はい」

「どうだね、彼は？」

「かなり……いいと思います。ソロだけでなく、合せるのも上手ですし」

「噂は聞いている」

と、桐畠は肯いて、「いや、正直に言うと、半年前に彼が弾いたのを聴いた。才能がある」

「はあ」

「今度のコンクール、本選に残る六人の内、四人はほぼ確実だ。もちろん、よほどのミスでもすればともかく、コンクールが三度目という者もいる。師弟関係からいって、まず残るだろう」

むろん、審査は公平のはずだが、現実には審査員の直接の弟子でなくても、孫弟子に当る参加者などは必ずいるので、判定に影響するのは避けられない。

そこは、真由子などの係りのない世界である。

「手短に言おう」

と、桐畠は言った。「N音大の理事で、その世界では日本でも五本の指に入る実力者がいる。うちの音大にも何度も多額の寄付をしてもらっている。その息子が、今度、ヴァイオリンで出る」

少し飲んでいたワインの酔いは、すっかりさめてしまった。真由子は黙って聞いているしかなかった。

「本選に、何とか残したい。楽器はストラディヴァリ、腕も決して悪くない。ただ、精神的に弱いところがある。本選に残れる、と前もって分っていれば、実力を発揮するだろう」

「それなら……」

「心配なのは、谷田修一だ。あのひらめきは貴重だと思う。しかし、彼はまだ十七だ。これからも機会がある」

「先生、でも──」

「まあ、聞け。もちろん君は伴奏者だ。審査員ではないから、君にどうこうできる問題ではないだろう。ただ……自由曲の中で、一か所でいい、合せたときとテンポが変っていたら、一瞬、ヴァイオリンが動揺するだろう。私には聴けば分る。審査のとき、そこを指摘してやれば、点数は下るはずだ」

真由子は無言で目を伏せた。

「──そう深刻に考えることはない」

と、桐畠は言った。「それでも、谷田修一は本選に残るかもしれん。それはそれで結構なことだ。私の言う一人と一緒に残れば、それで私も安心できる。本選のコンチェルトでオーケストラと弾くのは、運不運もあって、優勝できるかどうか分らん。しかし、それは当人も承知している。そこまで行けば……」

桐畠はそう言って、デザートに手をつけた。

「食べないと、アイスクリームが溶けるよ」

「はい……」

真由子は、スプーンで、溶けかかったアイスをすくった。

「——君の目で見て、仕上りはどうだね？」

「あの……谷田君は休んでいて……」

「休んでる？」

「具合が悪いとかで。もちろんこれまで充分に合せてはいますが……。体調が悪いのか、それとも他の理由なのかは分りませんが」

「ふむ……。そうか。しかし参加を取り下げてはいないんだな？」

「はい、それは今のところ……」

桐畠は黙ってデザートを食べてしまうと、

「コーヒーでいいか？　——コーヒーを二つ」

と、オーダーして、「そう悩むことはないよ。何も特別なことじゃない」

「はい……」

「君はいい教え子だった。たぶん、これから伴奏ピアニストとして、日本を代表する存在になるだろう。応援しているよ」

「ありがとうございます」

「どうかな？　うちの音大の講師になってくれないか」

「先生……」

「いや、今度のこととは関係ないよ。君は人を導く才能のある子だ」

――関係ないはずはない。

真由子は、コーヒーが来ると、ミルクをたっぷりと入れた。

11 合せる

一曲、合せ終ると、谷田修一はすぐに言った。

「すみません！　テンポ、遅かったですね」

「そうね、この前より」

と、ピアノを前に、真由子は肯いて、「今のテンポがいい？　それはあなたが決めて」

コンクールに出るのは、あくまで谷田修一なのだ。真由子は同じ曲でも、出場者の考えに合せる。

もちろん、譜面に対して、

「そこまで変えるのはおかしい」

と思えば、はっきりそう言う。

だが、今修一の言っている「テンポの遅さ」は、弾いている当人と伴奏の真由子以外の人間にはおそらくほとんど分らないだろう。それほど微妙な違いなのだ。

「――そうですね。今のテンポで」

「分ったわ。それに、一音一音がていねいに弾かれてるのが分るわね」

「そうでしょうか」

「いいと思うわ。その方が楽器も鳴るしね」

「ええ……」

修一は、何か言いたげにしていたが、やがて、

「先生」

と、思い切ったように、「コンクールは別の楽器で出ることになると思います」

「あら……。何かいい楽器が見付かったの？」

「いいえ、そういうわけじゃないんですけど……」

修一の口調は、あまり訊かれたくない、と語っていた。

「そう……」

コンクール間近のこの時期に、楽器を変えるのは、どう考えても不利だ。もちろん、そうせざるを得ない事情があるのだろう。

「それは残念ね」

と、真由子はつい言ってしまって、「ごめんなさい！」

と、急いで付け加えた。

「いいえ……。ありがとうございます」

修一も、真由子が事情を察してくれていることに、礼を言った。

「じゃあ……新しい楽器で、もう一度合せてみる？」

スケジュールはかなり厳しい。

「いえ、僕もちょっと……。母を入院させるので」

「お母様、具合悪いの？」

「そうなんです。でも、コンクールまでは検査を受けないって言い張ってて……」

「それは大変ね」

誰もが、それぞれ事情を抱えている。伴奏者として、一人一人の個人の事情にまで立ち入ることはできない。

ただ、谷田修一に関しては、恩師の桐畠の話を聞いていたので、仕事と割り切ることができなかった。

修一が母親と二人暮しだということは、真由子も知っている。今の楽器を手放さなくてはならない理由は、おそらくお金だろう。

「——ありがとうございました」

と、修一がヴァイオリンをケースにしまって、一礼した。

リハーサル室のドアが開いて、

「あ、ごめんなさい。早かったですか」

と、金田夏子が大きな体を小さくしながら言った。

「もう、帰るところです」

と、修一が言った。「金田さんですね」

「あら、よく知ってるわね」

「評判、聞いてます。声楽部門の最有力候補だって」

「どうもありがとう。あなた、谷田君ね？　真由子先生から聞いてるわ」

「谷田君」

と、真由子が言った。「もし時間あったら、金田さんの合せ、聴いていかない？　歌の心って、どんな楽器でも大切よ」

「いいですか？　じゃ、ぜひ……」

「まあ、緊張しちゃうわ」

と、夏子は言った。「耳をふさいでて」

その言葉に、修一が笑って、十七歳の少年らしい表情になった。

「じゃ、アリアね」

と、真由子が、譜面を置いて、「〈ボエーム〉の〈私の名はミミ〉ね」

「よろしくお願いします」

夏子は、大きく息をつく。

修一は、リハーサル室の椅子に腰をかけて、聴くことにした。

まず発声練習をすると、リハーサル室が夏子の声で溢《あふ》れるようだった。

修一は、ただびっくりして、ヴァイオリンを抱きながら、その声に聴き入っていた。

「じゃ、一度通してみましょうね」

と、真由子が言った。

夏子が、ちょっと咳払《せきばら》いしてから、深く呼吸した。ピアノが一つ鳴って――。

〈ええ、私はミミ。でも本当の名はルチアです……〉

プッチーニのオペラ〈ラ・ボエーム〉第一幕のヒロイン、ミミのアリアである。

語るように、静かに自分の身の上を歌うソプラノのアリアは、次第に高潮して、屋根裏での貧しい暮しでも、

〈春が来ると、日の光の最初のくちづけは私のものです!〉

と歌い上げる。

――修一は、じっと歌に聴き入っていた。

五分ほどのアリアが終わると、

「――いいわね。初め、もう少し抑える?」

「どっちがいいですか?」

「オペラの舞台なら、抑え気味で始めた方がいいけど、コンクールですものね。まず声

を聴いてもらわないと。――しっかり声を出して行きましょう」

と、真由子は言った。

「分りました」

真由子は修一の方へ、

「どうだった？」

と、声をかけた。

修一はちょっと照れたように、

「僕、泣いちゃいましたよ」

と言った。「すばらしいですね！」

「ありがとう」

と、夏子が深々と頭を下げて、「何よりのお言葉だわ」

「歌う、って大切なことですね」

と、修一は自分に向って言うように、「ヴァイオリンで、少しでも今の歌に近付きたいです」

修一は立ち上ると、

「じゃ、失礼します」

と、一礼してリハーサル室を出て行った。

時間は間違いないはずだ。

爽香は、何度も時計を見直した。

ケータイを手にしたが、まさか社長に、

「相手が来ないんですけど、どうしたんですか？」

と訊くわけにもいかない。

しかし、ビジネスの現場で、面会の約束をしておきながら、三十分も遅れてくるのは普通ではない。

「――遅くなって」

と、やって来たのは、約束した相手ではなく、外出先から回って来た久保坂あやめだった。「あれ？　チーフ、向うは……」

「まだ来ないのよ」

「そんな！　ひどいですね」

と、あやめは憤然として、「忙しい中で時間を作ってるのに」

――約束したMホテルのラウンジに、それらしい相手は見当らない。

「向うの連絡先を聞いておくべきだったわね」

と、爽香は言った。「あなたの用事は済んだの？」

「ええ、予定通り」

と、あやめは肯いて、「社長に電話してみましょうか？」

「でも、まさか――」

「私が訊くのならいいでしょう」

田端社長が直接爽香に頼んで来た仕事だった。

「〈A特報〉の黒沼《くろぬま》って奴と会ってくれないか」

と、爽香は社長室で言われた。

「どんなお話でしょうか？」

「インタビューだ。ビジネスの最前線で活躍する女性、ってことでね」

「でも、私なんか……」

「いや、君は充分有名だよ」

と、田端は言った。「黒沼ってのは、僕の大学の友人なんだ。君がその手の話が好きでないことは知ってるが、頼むよ」

そう言われると、断るわけにもいかず……。

本当なら、あやめと二人で出向くはずだった打ち合せをあやめ一人に任せ、言われた時間に、ここへやって来た。

しかし、その相手が一向に現われないのである。

「もしかしたら、ホテルの違う所で待ってるのかもしれないわね。呼出しをかけてもらって」

「分りました」

と、あやめがすぐに立って行く。

ホテルのロビーに、放送が流れた。

「これで来なかったら、帰っちゃいましょうよ」

「そうね……」

そこへ、

「杉原さん？」

と、声をかけて来る男がいた。「黒沼です。どうも！」

ジャケットにジーンズという格好で、かなり太めの体格。

遅れを詫びるでもなく、とりあえず名刺を交換すると、

「おい、コーヒー！」

と、大声で頼んで、「いや、お若く見えますね。一度ぜひお目にかかりたいと……」

「どんなお話でしょうか」

と、爽香は言った。

「ま、ざっくばらんに話していただければ」

どうにも軽い印象の男だ。体は重そうだが。

爽香は、あやめが不機嫌になっているのを感じていた。爽香自身も同様だが、顔には出さない。

黒沼は、爽香の、仕事に対する考え方といった抽象的な話を始めた。
五、六分もやりとりすると、黒沼が、爽香のこれまでの仕事について、ほとんど知らないことが分った。——一体何しに来たのだろう？
ちょっと話が途切れたときに、あやめが、

「黒沼さんはうちの社長の田端とお会いになったことがあるんですか？」

と、さりげなく言った。

「ええ。パーティでご挨拶しました」

黒沼はアッサリと言った。

すると、あやめが、

「あ、メールが。失礼します」

と、ケータイを手に立って行ったが、二、三分で戻ってきた。

爽香は、もう話を切り上げようとしていたが、ウエイトレスがやって来ると、

「〈A特報〉の黒沼様は……」

「え？　俺だけど」

「お電話が入っております」

「俺に？」

「レジの電話です」

「しかし、どうして……。ちょっと失礼します」

首をかしげながら、黒沼が席を立って行くと、あやめが黒沼の持っていたバッグをつかんで、中を探り出した。

爽香がびっくりして、

「あやめちゃん――」

「あいつ、変ですよ」

と、あやめは言った。「チーフの名刺を、わざわざこのバッグの中へ入れてました。――あった」

あやめは爽香の名刺を取り出して、バッグを元に戻すと、

「チーフの名刺を何に使うつもりか分りません。社長の話もでたらめです」

「うん、それは……」

爽香は、田端が嘘をついていたことに、ショックを受けていた。こんなことは初めてだ。

「――おかしいな」

黒沼が戻って来た。「出てみたら切れちゃったんですよ。大体、俺がここにいるなんて、誰も知らないのに……」

爽香には分っていた。あやめが、社の誰かに電話して、このラウンジへかけさせたのだ。

黒沼のインタビューは、すぐに終って、

「じゃ、失礼します」

と、帰って行ってしまった。

「自分のコーヒー代も払わないで」

と、あやめはムッとしたように、「でも、気になりますね」

あやめが、「インタビュー原稿を必ず見せて下さい」と、念を押しておいたが、

「あてになりませんよ」

「そうね。でも——何のために？」

「黒沼について調べる必要がありますね」

爽香としては、田端が何を考えているのか、気になった。

以前の田端なら、どんな言いにくいことでも、爽香には隠さずに話してくれたものだ。

「——きっと、朝倉有希が絡んでるんですよ」

と、あやめは言った。

「そうね……。気が重いわ」

爽香はラウンジを出ると、

「五十周年のパーティについて、ホテルと話し合っておいた方がいいわね。どうせ出て来たんだから、回りましょうか」

と言った。

「ええ！　手抜かりなくやらなくちゃ」

と、あやめは肯いて、「誰にも文句をつけさせない！」

ロビーへ出ると、爽香のケータイが鳴った。

「栗崎様だわ。——はい、杉原です」

爽香は足を止めて、しばし大女優の話に耳を傾けることになった……。

12 接近

〈琴江。やっとその時が来たよ。

君を迎えに行く。旅立つ準備をしておいてくれ。愛する美術品とも別れて。

君はもう充分に生きた。これからは、僕との暮しが待っている。

もうすぐだ。もうすぐ。

A〉

そのファックスを、爽香は何度か読んだ。

「これはいつ来たんですか?」

と、爽香は琴江に訊いた。

「おとといの夜です」

と、琴江は言った。「もちろん、内容的には、これまでのものとそう違いませんが、何だか本当にすぐ近くまで来ている、っていう気がして」

「そうですね。『充分に生きた』というのは脅迫と言っていいんじゃないでしょうか」

「もちろん、私は自分で用心していますし、爽香さんにこんなこと、相談するのはご迷惑だと思ったんですが……」

「そんなことはご心配なく」

と言ったのは、あやめだった。「何かあってからじゃ遅いですから」

「あやめちゃんの言う通りです。一度や二度のファックスじゃないわけですから、これはストーカー行為ですよ」

爽香たちは、行きつけの〈ラ・ボエーム〉に来ていた。

琴江は、コーヒーを飲んで、

「おいしいですね」

と、息をついた。「少し気持が落ちつきました。——結構、怖かったんです」

「当然ですよ」

と、爽香は言った。「マスター、今日の豆はどこの？」

「ルワンダです。珍しいでしょ」

と、マスターの増田《ますだ》は言った。

「おいしいわ」

「良かった。この味を分ってくれるお客はなかなかいなくてね」

と、増田は微笑んだ。「もう一杯、サービスでいれますよ」

爽香は、ブラックで飲んでいたコーヒーにミルクを注いだ。

「――〈A〉という男性ですが、神崎晃夫といいましたか」

「そうです」

「死んだというお話でしたが、それは確かなことなんですか？」

「――確かだと思っていたんです。でも、もしかしたら……」

と、琴江は言った。「神崎はニューヨークの郊外で、車を走らせていて、死んだんです。事故ではなかったと思います。高速道路で、大型のタンクローリーと正面衝突したんです。車は何十メートルもの崖下に落ちて炎上して……。もちろん、車は元の形をとどめないほど壊れていました」

「現場に行かれたんですか？」

「警察から連絡があって。山の中の道で、ヘリコプターで行かなくてはなりませんでした」

「それで――」

「車は確かに神崎のものでした。中の死体は……。ひどい状態で、しかも燃えていたので、見分けがつかず……。持物や服も、はっきり分る物はありませんでした」

「でも、神崎の死体だと……」

「別人だと考える理由がありませんでしたから。——その数日前に、私は彼と大喧嘩をして、私、彼をマンションから叩き出していました。そして、その日の朝、彼から電話があり、またやり合って。——その後の出来事でしたから」

「自殺だったと？」

「そうだったと思います。でも……もしかして、あれが神崎でなかったら……」

「ともかく、このファックスを送って来ているのは、生きた人間です。神崎という人かどうかはともかく」

「神崎って人に、家族や友人は？」

と、あやめが訊いた。

「そういう話は全くしていなかったんです。神崎らしい死体は、私が埋葬の手続をしました。——家族がいたとしても、連絡の取りようがありませんでしたし、私も、腹を立てていましたから」

「——神崎という人について、調べた方がいいですね。でも、このファックスの文面では、もっと差し迫った危険があるかもしれません」

「でも、警察に話しても、たぶん……」

と、あやめは首を振って、「これだけでは、取り合ってくれないと思います」

「ええ、それは私も同感です」

と、琴江は肯いて、「自分で何か身を守る方法を考えます。ただ、爽香さんに、知っておいていただきたくて」

「聞いたからには、放っておきませんよ、チーフは」

と言って、あやめは爽香を見た。


仕事でそのまま外出するあやめと別れて、爽香は社へ戻ったが、一階でエレベーターを待っていると、田端がやって来た。

エレベーターが来て、二人で乗る。——爽香は何も言わなかった。

田端が、ちょっと咳払いして、

「忙しいか」

と言った。

「おかげさまで」

「そうか。——体に気を付けろよ」

「ありがとうございます」

爽香が先に降りる。

少し、気持が軽くなっていた。田端がずっと爽香と目を合せないようにしていたからだ。

あの黒沼という男のことで、気が咎めているのだろう。それは爽香にとって救いだった。

自分の席に戻ろうとすると、

「――杉原さん」

と呼び止められた。

田端の秘書、朝倉有希だ。

「はい、何か？」

と、爽香が訊くと、

「黒沼って人のインタビューがあったんでしょ」

「ええ」

「黒沼さんから、『よろしくお伝え下さい』って、電話がありました」

「そうですか。――朝倉さん、ご存知の人なんですか？」

「いえ、別に。ただ、社長がお留守だったので、私が代りに伺ったんです」

「わざわざどうも」

「でも、さすがは杉原さんですね。働く母親の代表ってところでしょうか」

「私は代表なんかじゃありませんよ。もっと大変な状況で働いてる人が沢山《たくさん》います。私、そんなつもりでインタビューに答えたわけじゃありません」

「そうですか？　でも、黒沼さんって人、『やっぱり自信満々って感じの人ですね』と言ってましたよ」

　爽香は苦笑して、

「あんまり人を見る目のない方だったんですね」

と言って、「それじゃ」

と、自席へと戻って行った。

「――チーフ、お帰りなさい」

と、席にいた麻生が言った。

「何か伝言とか、あった？」

「いえ、特に何も」

と、麻生は言ったが、爽香を見ていた視線を、自分のケータイへと向けた。

　何か送って来てる？　爽香は、自分のパソコンを立ち上げると、一方の手でケータイの受信メールを表示した。

　麻生から、〈ついさっき、ミーティングから戻ると、朝倉さんがチーフの机の引出しを覗いてました。何をしてるんですか、と訊くと、『ちょっと預けたものがあって』と言って、すぐに行ってしまいました。怪しいです。ちゃんと引出しの中を調べた方がいいですよ〉

――朝倉有希が？

爽香はパソコンのメールをチェックしてから、ボールペンを取り出すついで、というように引出しの中を調べた。

特に何もなくなっていないようだ。

こんな引出しに、貴重な物は入れておかないし。

ともかく、朝倉有希が何か考えているというのは確かだろう。

でも、なぜ？　ちょっとため息をついて、爽香はパソコンに来ているメールをチェックし始めた。

――二時間ほどして、あやめが戻って来た。

爽香はあやめと二人、資料のファイルを抱えて、空いている会議室に行った。

あやめの報告を聞いてから、爽香は朝倉有希のことを話した。

「松下さん、何かつかめないんですかね」

「何かあれば連絡してくるわよ」

「そうですね。でも――心配です。チーフのこと、ろくに知りもしないで、妬んだりする人がいますからね」

「私に人徳がないのよ。あ、ケータイに」

爽香のケータイにかけて来たのは、麻生の娘、果林だった。

「――え？　川崎君？　憶えてるわよ、もちろん」

ＴＶのスタジオに栗崎英子を訪ねたとき、果林が紹介してくれたボーイフレンドだ。

「川崎君がね、爽香さんにプレゼントしたい物があるって」

と、果林は言った。

「そうだった。聞いたわね、そんな話。でもどうして私に？」

「私が色々爽香さんのこと、話してやったら、凄く感激してね。名探偵にふさわしい小道具を作るって張り切ったの。それをぜひ渡したいって」

「まあ、ありがとう。いつまでもお金の減らないお財布とか？」

果林が笑って、

「会ってのお楽しみ。どこかで会える？」

「じゃ、帰りに。お礼にファミレスの定食くらいならおごるわよ」

「それって、川崎君が一番喜びそう。ただし、ご飯大盛りでね」


「お疲れさま」

いつもの通り、声がかかる。

並木真由子は、まだ明るい内に、音大を出た。

毎日毎日、コンクールのための伴奏に時間を費やしていると、自分の食べるものもなくなってしまう。

今日は早目に終るスケジュールにして、帰り道でスーパーに寄ることにしていた。

夕方、スーパーの一番混み合う時間だが、仕方ない。

カートを借りないと。買う物が沢山ある。

食料品だけでなく、トイレットペーパーやティッシュペーパーなど、重くはなくてもかさばる。

「あと、何がなかったかなあ……」

外食して帰る毎日なので、何がなくなっているのかもよく分らないのである。

「ともかく、コンクールが終れば……」

と呟いた。

もちろん、事務所から回してくれる演奏の仕事が、真由子の本業だ。

一度頼まれて弾くと、たいていの所で、

「またお願いします」

と言われ、実際にくり返し依頼されることが多い。

それだけ、真由子の腕前と、仕事への誠実さが認められているのだ。

まあ、一つ一つはそう大した収入にならないが、数をこなせば、生活していくには充分だった。

確かに、恩師の桐畠の言っていた、音大の講師のポストに就ければ、定期的な収入があるのだから楽だ。今は音大を出ても、プロの音楽家になれるのはごく一部で、学校の音楽教師もめったに空きがない。

真由子のように、ピアノで食べていけるのは幸運と言うしかないのである……。

「ありがとうございました」

スーパーのレジも、今は客に自分で品物のバーコードを読み取らせるところが多い。

「──ずいぶんと買い込んだのね」

自分で自分をからかってみた。

買物袋が、両手をしびれさせるほど重かった。

アパートに着くころには、もうすっかり暗かった。

部屋は二階だ。階段を上ろうとして、奥の暗がりに人の気配があった。

「──真由子」

という声は、すぐに分った。

しかし、同時に、「そんなわけがない!」と打ち消す思いがあった。

「誰ですか?」

と、真由子は言った。「人違いでしょ」

「分るだろう」

その声の主が、明りの下へ出て来た。「真由子、久しぶりだ」

真由子は少しの間、黙って立っていたが、

「買物して来たんです。相手している暇はありません」

と言って、階段を足早に上る。

そう。冷蔵庫へ入れる物、冷凍庫へ入れる物がある。

あんな人の相手なんかしていられない。

二階へ上って、急いで自分の部屋へ。焦る気持で鍵を開けるのに少し手間取りながら、何とか中へ入った。

冷蔵庫と冷凍庫、それぞれ品物をしまって、ひと息つく。

今のは――現実だったのか？　それとも幻だったのか？

アパートの部屋で、床にペタッと座って、真由子は、

「お父さん……」

と、細い声で言った。「あなたは死んでいるはずよ……」

13　黒い罠

「役に立たない人ね、本当に！」

叩きつけるようなその言葉が、ティールームの客たちを振り向かせたのは、それを口にしたのが、いかにも口うるさそうなタイプではなく、スラリとした洒落《しやれ》た若い女性だったからである。

言われている方は、やや不健康な太り方をした男で、文句を言われても謝るでもなく、口を尖《とが》らせて黙っている。

「――どうするのよ、一体」

と、女性は普通の声で、それでも相手を責める刺はしっかり込めていた。

「どうするって言われても……」

と、相手の男は言った。「確かに、受け取ったんですよ。杉原爽香の名刺を」

「じゃ、その名刺はどこに行ったの？」

「分りません。ともかく鞄の中にしまったんだ。それはちゃんと憶えてますよ」

「それなのに、どこにもない？」

「そうなんです。俺だって、さっぱり分りませんよ」

――あれが朝倉有希だな、と松下は思った。そして、その朝倉有希に怒鳴られているのは、おそらく久保坂あやめが言って来た、黒沼という男だろう。

うまい具合に、二人同時に確認できた。

松下はスマホをいじる格好で、その二人を撮っておいた。

「じゃ、その名刺は宙に消えたってわけね」

と、有希が言った。

「どうして、そんなにこだわるんですか？　名刺なんか、いくらだって作れますよ」

と、黒沼が言った。「見本さえありゃ、そっくりにこしらえて見せます。ネットに写真を出すだけなら、充分でしょ」

「あの人を甘く見ないで。これまで何度も警察の力になってるのよ。いい加減な情報じゃ、却《かえ》ってこっちが危いことになるわ」

低い声で、しかし、どこか凄みのある口調である。

ありゃ、普通の女じゃないぜ……。

松下はその場であやめにメールを送った。

即座に返信が来た。

〈今、どこですか！〉

松下がティールームの場所を知らせると、

〈今、社を出ました〉

と返ってくる。

「いい部下がいて、あいつは幸せだな……」

と、松下は呟いた。

有希も、仕事から抜けて来ているので、ティールームは〈G興産〉から歩いて十分ほどだ。

「――いいわ」

と、有希が言った。

「それじゃ……」

「私の名刺を渡すから、同じように、名前を〈杉原爽香〉に入れ替えて作ってちょうだい」

「タダかい？　別料金にしてもらえると――」

「調子に乗らないで」

と、有希はピシャリと言った。「あんたの失敗のせいなんですからね。初めに約束したお金以上は払わないわよ」

「だろうね……」

と、黒沼は、もともと期待していなかったという様子で言った。

「――さあ、これ」

と、有希が自分の名刺を取り出して、黒沼に渡した。「会社のマークはカラーだから
ね。間違えないようにね」

「分ってるよ」

「失敗はくり返さないで」

「ああ、任せてくれ」

黒沼はちょっとうんざりしたような顔になって言った。

有希はしっかりそんな黒沼を見ていた。

「ちゃんと前金は渡してあるのよ。仕事を間違いなくやれなかったら、後のお金は一円
だって出ませんからね」

と、くどいほど念を押すと、「――もう社に戻らないと。じゃ、頼んだわよ」

「分ってる」

と、黒沼はくり返して、「ここは払ってくれるんだろ」

飲物代くらい、どうということはないだろうが、黒沼はひと言言ってやりたかったの
だろう。

有希は皮肉っぽく笑うと、伝票をつかんで席を立った。

黒沼は、有希が出て行くのを見送って、

「でかい面《つら》しやがって！」

と、吐き出すように言った。

黒沼は、有希の名刺をジャケットの右のポケットへ入れると、コーヒーを飲み干した。

そして、ケータイを取り出すと、どこかへかけて、

「――ええ、分ってるんですけどね。――いえ、絶対に大丈夫です。牧原《まきはら》さんの顔を潰すようなことはありませんから。――間違いなく金になる話で。――この間お話しした通り、〈G興産〉の社長はすっかりその気になってますから。――ええ、任せて下さい。その代り、返済は少々お待ちいただけると。――へへ、取り引きって奴でさ。じゃ、よろしく……」

黒沼が立ち上る。

松下は、伝票の上に代金をぴったり置いてあるので、黒沼に続いて、すぐに店を出た。

黒沼が歩いて行くのを、少し離れて追って行くと、いつの間にか、久保坂あやめが隣を歩いていた。

「忍者か、あんたの家は？」

「朝倉有希さんは社へ戻って行きましたね。あの黒沼のことを調べてやろうと思って」

「あんたが杉原爽香の名刺を抜いたのは正しかった。あいつは彼女の名刺を使って、何かやろうとしてる」

「それが、朝倉さんの企《たくら》み？」

「ああ。――あの女の素性《すじょう》がまだつかめないんだが、あんたの所の社長は本当に惚れてるのか？」

「どうしてです？」

「見たところはともかく、かなり危そうな女だぞ。――おい、黒沼が信号で止ったら、奴の左後ろに立ってくれ」

「分りました」

あやめが、ふしぎそうに肯いた。

横断歩道が赤信号になり、黒沼が足を止めた。

「青になって歩き出すとき、あいつにちょっとぶつかって、急いで先に行ってくれ」

「はい」

あやめは、黒沼の左後ろに立って、信号が変るのを待った。

青になると、黒沼に突き当って、そのまま小走りに道を渡った。

「おい、危ねえだろ！」

と、黒沼は文句を言ったが、もうあやめはどんどん先へと行ってしまっている。

黒沼を松下はそのまま尾《つ》けて行った。——あやめが、また松下のそばに戻ったが、

「後は任せろ」

と、松下が言った。「仕事があるだろ」

「じゃ、よろしく」

「あの二人の写真を撮ってある。後で送る」

「お願いします」

「ああ、それと——」

松下は名刺を取り出して、「これを持っててくれ」

「これ……朝倉さんの名刺ですか」

「うん。さっき、歩道の所で、黒沼のポケットからちょうだいしといた」

「器用ですね！」

「昔、仲の良かったスリがいてな。コツを習っといたのさ」

と、松下は言った。「じゃ、爽香によろしくな」

並木真由子は、伴奏の手を止めた。

「——すみません」

と、谷田修一が小声で言った。「まだなじんでなくて……」

「いいのよ」

と、真由子は言った。「でも、もうコンクールまで日がないわ。弓を替えるとか……」

「いえ、これで何とか……」

「じゃ、あんまり弦を押し付けないようにして」

そんなことは、真由子より修一の方がよく分っているだろう。真由子も、それ以上は言わなかった。

「あ、それと、すみません」

と、修一が付け加えて、「ちょっと母の具合が悪くて、ケータイの電源を切ってないんです。何もないとは思いますすけど」

「分ったわ。いいわよ、もちろん。気にしないで。——じゃ、少し前の間奏からやりましょうか」

「お願いします」

ピアノがソロで数小節弾くと、修一のヴァイオリンが入ってくる。

もちろん、精一杯やさしく、弓は弦の上を滑っているが……。とても「美しい」とは言えない音になってしまう。

弾き手がどんなに頑張っても、楽器の良し悪しは結果を左右することがある。それは弦楽器の宿命である。

「――母を入院させないと」

と、練習前、修一は事情を真由子に打ち明けていた。「でも、コンクールが終らないと入院しないと言い張ってるんです。結果はともかく、早くコンクールが終ってくれないかなって……」

「お母様は、あなたが楽器を売ったことを……」

「知りません。いつも帰宅は夜中なんで、練習してる音は聞いてませんから」

いい楽器は、それなりに高価である。もちろん、何億円というストラディヴァリなどは別格だが、音大の学生でも、コンクールに出ようという子は、数百万円の楽器を持っていることが珍しくない。一千万円を超える楽器にも、もちろんお目にかかる。

楽器本体だけではない。いい楽器はいい弓を求める。弓も時に何百万もして、物によっては楽器本体より弓の方が高いこともある。

修一が持っていた楽器は、まだ家に余裕のあったころに買ったもので、それでも、貯金をはたいただけでなく、生命保険まで解約したと真由子は聞いていた。

楽器商が一千万円以上の値をつけていたのを母親が頼み込んで九百万円で購入したという話だった。弓は幸い、それまで使っていたものと相性が良かった。

修一はそのヴァイオリンを、思いのままに鳴らして、いくつも小さなコンクールで優勝していたのだ……。真由子は手を止めると、

「いくらで売ったの？」

訊いてはいけないかと思いつつも、つい口に出していた。

「五百万です」

修一はすぐに答えた。「即金で払ってくれたので、助かりました。――学校のお金を払わなきゃいけなくて」

「そう」

と、真由子は肯いた。「じゃ、続きをやりましょうか」

「はい」

修一がヴァイオリンを構えたとき、ケータイが鳴った。「――すみません！」

修一が急いで出ると、

「はい。――そうです。――え？」

修一が青ざめた。「分りました。すぐに……」

「谷田君――」

「母が勤めてるバーで倒れたそうです。救急車で……」

「じゃ、すぐ行ってあげて。ほら、楽器、しまってあげる」

動揺して、手が震えている。真由子はヴァイオリンと弓をケースにしまってやった。

「タクシーを拾う？」

「いえ……。電車のほうが……」

修一の声が上ずっていた。

「様子が分ったら連絡して。コンクールに出られるかどうかも含めてね」

母親のことで頭が一杯の修一に、あえてコンクールのことを思い出させた。

「分りました」

修一は一礼して、「失礼します」

足早に出て行く修一を見送って、真由子は、ホッと息をつくと、ピアノに向った。

人にはそれぞれの事情がある。その運不運も含めて、コンクールという試練があるのだ。

「頑張って、谷田君」

次の子まで少し時間が空いた。真由子は、モーツァルトのピアノ協奏曲23番の第2楽章の哀愁を帯びたテーマをゆっくりと弾き始めた。


「名刺を使って……」

爽香は、あやめから渡された朝倉有希の名刺を手にして、呟いた。

「松下さんの話を聞くと……」

と、あやめが言うと、

「ええ、そうね。あのとき、あなたが私の名刺を取り戻してくれて良かったわ」

爽香は眉をひそめて、「でも、ふしぎね」

「朝倉さんが何を考えてるのか――」

「もちろん、それもだけど、田端社長が、そんな女に騙《だま》されるかしら？」

長い付合いだ。特に、田端と爽香は、ただ上司と部下という以上に色々と係りがある。

いいにつけ悪いにつけ、田端のことを爽香は理解しているつもりだった。しかし、今回の出来事は、およそ田端らしくない。

黒沼について、田端は爽香に嘘をついていた。それもショックだったが、松下の話を聞くと、事態はもっと悪いのでは、という気がする。

「――チーフ、向うが何かやる前に、手を打った方がいいですよ」

と、あやめが言った。「黒沼は、『ネットに出す』とか言ってたそうですから。何かでたらめな話を、一旦ネットに上げられたら、取り消すのは大変です」

爽香にも、それは分っていた。

「――何かいい方法、ある？」

あやめと二人、少し遅い夕食を取りながら爽香は言った。

「相手は社長ですものね」

「そう。――でも、だからこそ放っておけないわ。私一人に係るだけでなく、会社全体にも影響が出るかもしれない」

「ええ。黒沼が、『社長もその気に』って言ってたって……」

爽香はため息をついて、

「仕方ないわね。こうなったら」

と言った。「クビになってもいい。社長に直接ぶつかるしかない」

「チーフ……」

「私一人でね。それはチーフとしての義務よ」

と、爽香は言って、「さあ、食べましょ。心配ばっかりしてたら、消化によくないわ」

14 迷い道

「何か心配ごと？」

と、河村爽子に訊かれて、

「どうしてそう私のことが分るの？」

と、真由子は苦笑した。

「それは、あなたが素直だからよ」

「何だか、ほめられてるとは思えないけど」

——今日は、何日ぶりかで爽子と真由子がソナタの合せをした。

「忙しかったのに、悪かったかな、と思ってるのよ」

カフェで、アフタヌーンティーのセットを取って、小さなサンドイッチやスコーンをつまんでいた。

「でも——私でいいの？」

と、真由子が言った。「誰か、もう少しネームバリューのある人の方が……」

「真由子以上に合う人はいない」

と、爽子は即座に言った。「有名なピアニストでも、合せるのは全然だめって人はいくらもいるわ」

「それはそうだけど……」

「もちろん、室内楽もやれて、本当の一流だと思うわ。でも、人気が先行すると、人に合せる機会も少ないでしょう」

コンクールの準備で忙しい真由子が呼び出されたのは、爽子が初めて出すヴァイオリン・ソナタのCDの録音の打ち合せだった。

「詳しくは、コンクールの後でね」

と、爽子が言った。「曲目は変更ないと思うから」

「うん、予定入れとく」

真由子は、紅茶を飲みながら、「——ちょっと、コンクールのことでね」

「何かあったの？」

「桐畠先生が会いに来て……」

N音大の学長、桐畠に頼まれたことを、真由子が話すと、

「それは大変ね。——谷田修一君？　あの子、素質あるじゃない」

「そう思うでしょ？」

「指が回るっていうだけじゃない、音楽への愛を感じるわ。妙な人間関係で潰れてほしくないわね」

「私もそう思うの。でも……」

爽子にも、真由子の苦しい立場はよく分った。日本の音楽の世界では、「誰の弟子だった」とか、「どの先生に認められた」といったことが大きな力を持つ。

逆に言えば、恩師に逆らうと、キャリアにマイナスになることがないとは言えない。

「――でもね」

と、真由子は言った。「私が何もしなくても、谷田君はたぶんだめだと思う」

「どうして?」

「ツイてないのよ、あの子」

母親の入院。――その後の連絡で、コンクールを待たずに手術することになったという。

「でも、コンクールは出るって。ただ楽器が……」

事情を聞いて、爽子は、

「それは残念ね。まだ十七だから、チャンスはあるでしょうけど」

「スポンサーが付くには、少し若過ぎるしね」

有名な演奏家でも、何億円もする楽器を買う財力はまず持っていない。国際コンクールで、目立つ成績を出すと、企業が楽器を買って、演奏家に無償で貸与してくれることがある。

もちろん、それには幸運と、たまたまクラシック音楽の好きな企業のオーナーがいる必要があるのだ。

「でも、予選ぐらいは通ると思うの」

と、真由子は言った。「審査員の印象に残れば、次の機会でね」

「そうよ。あんまり真由子が悩むことない」

「それはそうだけど……」

「――他にも何かあるの？」

真由子は口を開きかけたが、

「その内話す――かもしれない。その内ね……」

と、目を伏せた。


「ここをイラスト系の作品でまとめるのはどうでしょう」

と、学芸員の岸本が言って、パネルに区画の仕切りを描き込んだ。

「ちょっと狭過ぎない？」

と、新見琴江は言った。「試しに並べてみましょ」

〈NK美術館〉の会議室の大きなテーブル一杯に、館内の壁面を縮小したパネルが置かれ、今度の〈リン・山崎展〉の出品作をどう配置するか、検討されていた。

全作品を同じ縮尺で写真に撮ってあり、それを実際に並べたときどう見えるか、考えるのだ。

「――ぜいたくな展示になるわね」

と、ひと息ついて、琴江は満足げに言った。

「これだけ、リン・山崎さんの作品を揃えられるのは、うちぐらいですよ」

と、岸本が言った。

休館日で、ここで働く全員が集まっていた。新人の職員も、一緒に意見を言うのである。

「――杉原さんに感謝ですね」

と、岸本が言った。

爽香の頼みで、山崎の作品がさらに追加して出品されることになったのだ。

「その杉原さんのヌード、早く見たいわ」

と、若い職員の一人が言った。

「私、ニューヨークで見た！」

と、他の女性が言った。「圧倒されるわよ」

「そのご本人がみえるんですよね！　楽しみ！」

「あんまりご本人の前では、その話はしないでね」

と、琴江は言った。

「――館長さん」

「何？」

「今、お客様が……」

「お客？」

「凄く大きな方です」

「分ったわ。お通しして」

――金田夏子が顔を出して、

「すみません。今日が休館日って知らなくて……」

「いいんですよ。でも――」

「ずいぶんお世話になりましたが、明日からコンクールの予選が始まるので」

「あら。それは楽しみ」

「それで、心ばかりの……」

と、夏子はお菓子の箱を差し出した。

「まあ、義理堅いのね」

「本当にありがとうございました」

「ね、夏子さん。——ここにいるみんなはあなたの歌、聴いたことがないの。もし良かったら、一曲、歌って下さらない？」

「ええ！　もちろんです！」

夏子は嬉しそうに言った。

そして——あのホールに、夏子の歌う〈ある晴れた日に〉が響き渡ったのである……。


「じゃ、失礼します」

美術館の〈従業員通用口〉を出ると、夏子は塀に沿った植込みの脇を通って、裏門を出た。そこへ、

「待って！」

と、女の呼ぶ声がして、夏子は足を止め、振り返った。

グレーのコートをはおって帽子をかぶった年輩の女性だったが、夏子が、

「何か？」

と訊くと、女はすぐに、

「いえ、ごめんなさい。人違いです」

と言って、足早に行ってしまった。

「何よ……」

夏子はちょっと眉をひそめた。今の女性、夏子をひと目見て、「人違い」だと分ったのだ。要するに、「こんなに太ってる」女じゃないということなのだろう。

「どうせ私は普通じゃありませんからね」

と、ひとり言を言って、夏子は歩き出した。

しかし、あの女の人、誰だと思ったのかしら？　美術館から出て来たところへ声をかけて来た、ということは……。

夏子は足を止めると、少し迷ってから、ケータイを取り出した。――余計なことかもしれないが。

「――あ、琴江さん、今お邪魔した夏子ですが。――ちょっと気になることが」

と、夏子は言った。

ベッドで目を閉じている母は、ずいぶん老け込んで見えた。

谷田修一が覗き込むと、わか子は気配を感じたのか目を開けた。

「来てたの」

「うん、今、お医者さんと話して来た」

と、修一はベッドのそばの椅子にかけると、「明日手術だってね」

「少しぐらい放っといても同じことなのに……」

「そんなことないさ。早い方がいいに決ってるよ」

「そう？　――まあ、倒れちゃったんじゃ、どうしようもないけどね」

と、わか子は言った。

「でもね、母さん……」

「うん？」

「明日、僕は手術のときには来られないんだ。コンクールが始まる」

わか子の顔がパッと明るくなる。

「いよいよね！　しっかりやるのよ」

と、声に力が入った。

「うん。コンクール、棄権して、病院に来てようかと思ったんだけど」

「何言ってるの！　お母さんのことはどうでもいいから、そんなこと忘れて、頑張ってらっしゃい！」

母がこう言うことは分っていた。修一は、

「じゃ、お母さんも頑張ってね」

と、母の手を握った。

「ええ、大丈夫。あんたが優勝するまでは死なないわよ」

「それじゃ、僕、うっかり優勝できないじゃないか」

と、修一は笑って言った。

「ともかく、しっかりやって来て」

「うん。じゃ、もう行くよ。——明日、夜に来るから」

「ええ、分ったわ」

修一は、もう一度母の手をギュッと握って、ベッドから離れた。

病室を出て、病院の正面玄関へと向う。

母の手術は明日午前十一時から。——正にコンクールの予選の最中だ。

「お母さん……。頑張って」

と、修一は呟いた。

「心臓が弱ってるからね。まあ、何とかもつと思うけど……。絶対に大丈夫とは言えないから、それは承知しておいて」

と、医師からは言われていた。

「何とか……。きっと、何とか……」

修一が病院の玄関を出ようとすると、

「谷田君じゃない！」

今の気分と正反対の明るい声がして、びっくりした。

「あ……」

「やっぱり！　どうしてここに？」

やって来たのは、明るい色のコートの女の子だった。

「友永《ともなが》さんは？」

「うちの父、ここの外科部長だもん」

「そうなの？　それは……」

この病院を紹介されたのは、そういう音楽でのつながりがあったせいかもしれない。

「――じゃ、お母様が明日手術？　分った。父に言っとくわ。特別な患者さんだからって」

「そんなこと。――君も明日？」

「うん。谷田君も、でしょ？」

友永美咲《みさき》は修一と同じ十七歳のヴァイオリニストである。これまでも修一と、いくつかのコンクールで一緒になっている。

「――もう夜だ。ね、お腹空かない？　何か食べよう。いいでしょ？」

と、友永美咲は自分で決めることに慣れた者の口調で言った。

――二人は病院の近くの洋食レストランに入った。

「ね、課題の新曲、どう思う？」

と、オーダーをすませてから、美咲が言った。「つまんない曲よね。そう思わない？」

修一はつい笑って、

「たいてい課題の新曲はそんなものだろ」

「あ、自信あるのね？」

「違うよ。母の入院や何かで、あんまり練習できてないんだ」

「そんなこと言っといて、いつも私より上手い」

と美咲は口を尖らした。

いかにも「お嬢様」という印象の美咲は、コンクールだからといって緊張しないのだ。いや、当人はきっと「緊張している」つもりなのだろうが、はた目にはのんびりして見えるのである。

十七歳の食欲はアッという間に定食を平らげて、コーヒーを取ると、

「谷田君、留学するつもりないの？」

と、美咲が言った。

「そんなこと、無理だよ。君、どこかに行くの？」

「迷ってるんだ。こうやって、コンクールをあちこち受けてても、変化がないでしょ。

——ドイツに行かないかって言われてる」

「君なら、その方が向いてるかもしれないな」

「でも、向うに行ったら遊んじゃいそう」

と、美咲は微笑んで、コーヒーをゆっくりと飲んだ。「——どう思う?」

15 音と音

「谷田修一さん」

と、名前が呼ばれて、並木真由子はホッとした。

「友永美咲さん」

と、続けて呼ばれると、

「やった！」

と、声に出して言って、友永美咲はあわてて口をつぐんだ。

審査員席で笑いが起る。——審査員は、方々のコンクールで共通していることが多いので、よくコンクールに出場している参加者のことは見知っているのだ。

コンクール会場になっているKホールは、五百人ほどの中規模のホールだが、今はコンクール関係者が何十人か客席に入っているだけだ。

前の方の席に並んだ審査員たちは、一次審査を終って、ホッとしている様子だった。

人数も多く、同じ曲を何度も聴かされるので、疲れるのだ。

控室でモニターを見ていた真由子は、修一が一次審査を通ったことで、少し気が楽になった。そして、N音大の桐畠が話していた、ストラディヴァリを持った男の子――木《こ》暮《ぐれ》祐《ゆう》介《すけ》といった――も、一次審査を無事通過していた。

「――では、お昼の休憩に入ります。二次審査は、午後二時から」

その言葉で真先に席を立ったのは審査員たちだった。

「どう?」

と、同じテーブルについて、友永美咲は言った。

修一は、彼女が言っているのがコンクールのことではないとすぐに分った。

「もうじき始まるよ」

と、修一は言った。「一応、ナースステーションに電話してみた。母はやけに元気だって」

「あなたのことで、テンション上ってらっしゃるのよ」

「きっとそうだな」

と、修一は微笑んだ。

ホールの地階にあるカフェで、サンドイッチをつまんでいた。――母のことが心配で、食欲などなかったが、午後の演奏のためには何か食べておかなくては……。

「私はスパゲティにするわ」

と、友永美咲は言った。

およそ緊張とは無縁なのだ。もちろん、本人は緊張しているつもりではあるが。

「——午後は私の方が先ね」

「うん。君の次の次かな、僕は。でも、正直もういいんだ。一次を通っただけでも、母には報告できるよ」

「そんなこと……。やってみなきゃ分らないわよ」

と、美咲は言った。

一次審査での修一の演奏を聴いている美咲は、彼の楽器が変っていることに、当然気付いている。しかし、あえてそのことには触れなかった。

よほどの事情がある。もちろん、母親の入院がその一因だということも、美咲は察しているだろう。

「——谷田君」

と呼ばれて、修一は、並木真由子がカフェに入って来たのを見た。

そして、真由子と一緒にやって来たのは——。

「河村爽子さんだ」

「え？　あ、本当だ」

と、美咲が目を見開いて、「私のアイドルだわ」

「頑張ってるわね」

と、河村爽子は修一たちのテーブルへやって来て言った。「とてもいい解釈だったわ」

「ありがとうございます」

と、修一は言った。「並木さんと、よく組んでらっしゃいますね」

「ええ、合せものに関しては、これ以上の人はいないわ」

「やめてよ。照れるわ」

と、真由子が苦笑した。

「友永さんね。今までのコンクールでも、見かけてるわ。伸び伸びとしてていいわ」

「ありがとうございます！」

と、美咲は嬉しそうに、立って爽子に礼を言った。

真由子たちは、もう一人と一緒だった。


「ちょうど近くに来たので」

と、爽香は言った。「ホールの入口に爽子ちゃんがいるのを見て、声をかけたんです」

「あの強盗事件のことでは、お世話になりました」

と、真由子は言った。

「あんなこと、爽香さんにとっちゃ、朝飯前《あさめしまえ》よ。ねえ？」

と、爽子が言った。

昼食を取る真由子に付合って、爽香たちもサンドイッチを取ってつまむことにした。

「このカフェにいる人、ほとんどコンクールの出場者？」

と、爽香は訊いた。

「そうですね。一次を通らなかった人はみんな帰ってるから、ここにいるのは二次に進む人たち」

と、真由子が肯いて言った。「でも、そんなにピリピリしてないでしょ？」

それを聞いて、爽子が、

「そう！　私、そう思った」

と、強い口調で言った。「私がコンクールに出てたころは、ほとんどの参加者が、決死の覚悟、って表情をしてたものよ。お昼休みだって、お互い口もきかないし。でも、今の子たちは……」

「そうなんですよ」

と、真由子は肯いて、「みんな、とっても和やかなの。ここ何年かで、変って来たのね」

「これに落ちたら一生が終り、みたいに思い詰めてる子とか、いたわよね。親のかける期待が大き過ぎて、出場する子の負担になってた面もあるわ。私の場合は、幸い母が忙し過ぎて、小さなコンクールだと、終ってから『あのコンクール、そろそろじゃない？』とか言ったりしてた。でも、それが良かったのね」

爽子が、ちょっとしみじみと言って、「でも、ヴァイオリンを買うときには、ずいぶん無理してくれた。お父さんもね。——今、こうしていられるのは、やっぱり両親のおかげだと思う」

「あの谷田君が……」

と、真由子が爽香に小声で言った。

「楽器のことで……」

事情を聞いて、爽香は、

「そんなことが……」

と言った。「でも、お母さんの命を救う機会はこれしかないわけでしょ。長い目で見れば、決してマイナスにはならないと思うわ」

爽香は、友永美咲と笑い合っている修一を眺めて、

「苦労したのね。色んなことで」

と言った。

今日が母親の手術。——演奏に集中するのは大変だろう。

しかし、そういう不利を恨む気配がないことに、爽香は感心した。

「二次審査にも通ってくれるといいですね」

と、爽香は言った。

実は——爽香も今、コンクールに出場するわけでなくても、緊張しなければならない身だった。

今日の夕方、社長の田端と会うことになっていたからである。朝倉有希のせいかどうか、田端と二人で話す約束はなかなか取れなかったが、母親の田端真保が口添えしてくれて、何とか実現することになった。

話の結果によっては、爽香が〈G興産〉にいられなくなることもあり得た。田端から、

「経営の問題に口を出すな！」

と、一喝されればそれきりだ。

しかし、その危険をおかしても、話さなければ。——それが〈G興産〉と、田端のためにもなる、と自分に言い聞かせていた。

もちろん、今〈G興産〉を辞めたらどうなるか。——明男と珠実との生活は苦しくなるだろう。

母親として、ここは口をつぐんでいるべきなのかもしれないという迷いが、爽香の内には残っていた。

だが――コンクールという緊迫した状況の中で、談笑している修一や友永美咲を見ていると、爽香は「これが一生の終りじゃないわ」と考えられるようになったのである。

そう。今、目の前の壁にぶつからなければならないとしたら、ためらいながらの中途半端な勢いで当ったら、壁を壊すことも乗り越えることもできない。

全力でぶつかることだ。それで初めて道が開けるかもしれない……。

「――そろそろ行かなくちゃ」

と、真由子が時計を見て言った。

「谷田君まで聴いて行くわ」

と、爽子が言った。

「私も爽子ちゃんにお付合するわ」

と、爽香は言った。

「――それじゃ」

と立ち上ると、真由子は修一の方へ、ちょっと手を振って、店から出て行った。

他の客たちも、次々に出て行き、爽香は、

「じゃ、客席に入るときは、爽子ちゃんと一緒にね」

「ええ。私と一緒なら大丈夫」

支払いをすませて、カフェを出ると、爽香はトイレに寄ることにした。

先に出た真由子が、トイレから出て来て、足早に階段を上って行く。

すると——どこにいたのか、黒っぽい上着を着た、髪が薄く、白くなっている男が、真由子の後を追うように、階段を上って行ったのである。

爽香は気になった。あの様子は普通じゃない。

「——爽香さん、どうしたの？」

と、爽子が出て来て言った。

「ちょっと気になる人が……」

「誰のこと？」

「ね、午後の演奏が始まるまで、真由子さんはどこにいるの？」

「楽屋が控室になってる。他にピアノの置いてある練習室もあるけど」

「そこへ連れてってくれない？」

「いいけど……。爽香さん、また何か物騒なことを……」

「意見しないで。ご意見番は、あやめちゃん一人で充分よ」

「はいはい」

と、爽子は笑って、「じゃ、ついて来て」

と、先に立って歩き出した。

次の出場者は舞台の袖で待つことになっていた。

それより後の面々は控室で待機して、置かれているTVモニターの画面で状況を見ている。

「さあ、行こう」

と、元気よく立ち上ったのは友永美咲だった。

「頑張れよ」

と、修一が声をかけた。

「私が一番苦手なこと、頑張ることだって知ってるじゃないの」

と、美咲は笑顔で返して、「じゃ、お先に」

と、控室を出て行った。

これから、美咲の前の参加者が演奏する。美咲は舞台の袖で待機するのである。

舞台へと向おうとした美咲へ、

「ちょっと」

と、声をかけて来た男がいた。

「は？」

と振り向くと、

「ピアノを弾いてる人たちはどこにいるのかね」

初老の、どこか陰気な感じの男だった。美咲は、

「人によって色々ですよ」

と答えた。

「並木真由子という人だがね」

「さあ。私、行かなくちゃいけないので」

そこへ、演奏を終った男の子が舞台袖から下りてやって来た。美咲は、

「お疲れさま」

と、声をかけて、足早に廊下を歩いて行った。

男はちょっと舌打ちして、廊下を戻って行った。

しかし、自分がどこからどう通って来たのか分らなくなったのだろう。廊下が左右に分れている所で足を止めて迷っている。

「――失礼ですが」

爽香は声をかけた。

「何だ？」

男はちょっとびっくりしたように、「俺に用か」

「並木真由子さんの知り合いの者です」

と、爽香は言った。

「そいつはちょうど良かった。ここへ呼んで来てくれ」

と、男は言った。

「今はできません」

「何だと？」

「今、大切な仕事の最中です。真由子さんの邪魔はできません」

と、爽香は言って、「あなたはどういう方ですか？」

「あんたの知ったことじゃない。あいつを呼んで来てくれりゃそれでいいんだ」

「あなたは――」

「俺はあいつの父親だ。娘を呼んで来いと言って何が悪い」

と、男は苛々として、言った。

「お父様ですか。それなら、なおのこと真由子さんが演奏に集中できるように気をつかわれるべきじゃありませんか」

「話があるんだ。他人の口出しすることじゃない！」

と、男は脅すように声を上げた。「黙って娘を呼んで来りゃいいんだ」

「それはできません」

爽香は穏やかに言った。「今はお引き取り下さい」

「おい、俺を何だと――」

と、男が言いかけたとき、

「どうしました？」

と、制服姿のガードマンがやって来た。

「この方、出口が分らなくなって」

と、爽香が言うと、男はいまいましげに爽香をにらんで、

「出口ぐらい分る！」

と言い捨てて、大股にガードマンの来た方へと歩いて行った。

「大丈夫ですか？　河村さんが心配されて」

と、ガードマンが言った。

「今の人が出て行くかどうか、確かめて下さい」

「分りました」

ガードマンが急いで行ってしまうと、爽香はちょっと息をついて、

「何か気になることが起ってる方が、不安にならなくていいわね」

と、呟くように言った。

16 明暗の時

ロビーで爽子が待っていた。

「爽香さん、どうしたんですか?」

「ちょっとね。さっきの男の人が――」

爽香が話をすると、

「まあ、真由子のお父さん?」

「自分ではそう言ってたわ」

「確か、お父さんは亡くなったって聞いてたけど」

と、爽子は首をかしげて、「でも、父親のことにはあまり触れられたくないみたい。ほとんど話さないわ」

「何か特別なわけがありそうね」

「そういえば……。彼女、決して私と同じ部屋に泊らないの。ビジネスホテルの安い所だと、隣の部屋で、ときどきうなされてる声がする」

爽香は肯いて、

「あまり踏み込んじゃいけないかもしれないわね。でも、真由子さんが一人で苦しんでるのなら、助けてあげるのは悪いことじゃないわ」

「真由子に訊いてみましょう。でも、コンクールの最中じゃ……」

「もちろん、コンクールが終ってからの方がいいわね。ただ、あの男の人がまた現われたら……」

「そういう人が来たっていうことは、言っておいた方がいいでしょうね」

「じゃ、私が話すわ。その方が、真由子さんも冷静に聞けるでしょう」

「そうね。——あ、一人終った」

と、爽子はホールの中から拍手が洩《も》れ聞こえて来て、「じゃ、入りましょ。谷田君は次の次だと思うわ」


修一は、ヴァイオリンを手に、控室を出た。

演奏を終えた友永美咲が、廊下をやって来た。

「ああ！　やっちゃった！」

と、肩をすくめて、「聴いてた？」

「うん。君はたまにああいうことやるな」

「いい気分で弾いてたの。つい、調子に乗り過ぎ」

美咲は、課題曲を弾いていて、くり返しの部分を飛ばしてしまったのだ。

「でも、いい演奏だったよ」

と、修一はちょっと笑って言った。

ともかく、当の美咲が、口で言うほど落ち込んでいないのだ。

「じゃ、行くよ」

「頑張って」

と、美咲は行きかけて、「――谷田君」

「え？」

と振り向いた修一へと美咲は歩み寄って、

「これ、使ってみて」

と、自分のヴァイオリンを差し出したのだ。

修一はびっくりして、

「そんな……」

「これ、谷田君に合うと思うの。ね？」

「だけど――」

「その楽器よりいいわよ、きっと」

美咲のヴァイオリンはかなり名の通った銘器である。もちろん、修一などにはとても手の出ない価格だろう。

「ね、使ってやってよ。あの凡ミスでコンクール終っちゃ、この楽器も悔しいだろうし」

美咲らしい言い方だ。

「じゃあ……借りるよ」

「うん！」

美咲はヴァイオリンと弓を修一と交換すると、「可愛がってやって」と言った。

——舞台の袖に入って椅子にかけると、修一は前の参加者の演奏を聴きながら、美咲の弓をそっと弦に当ててみた。

弓の張り方を微妙に調整している内、前の演奏が終った。伴奏は並木真由子が続いて担当するのだ。

「〈8番・〈谷田修一さん〉」

と呼ばれて、舞台へ出て行く。

真由子が修一にちょっと微笑みかけた。

真由子がチューニングのためにキーを叩くと、修一が音を出した。真由子がびっくりして修一を見る。

修一の手にしているヴァイオリンを見て、すぐに察した真由子は小さく肯いて、曲の前奏に入った。

軽く息を吸って、修一が弾き始める。つややかな音がホールに広がった。

真由子はそのヴァイオリンの音色に誘われるように、寄り添って行った。

もう、桐畠に言われたことなど忘れていた。自分が何か損をするからといって、何だろう。

修一も、今手術を受けているだろう母親のことを忘れて、ひたすらに楽器の歌に耳を傾けていた……。


「すばらしかったわ」

と、爽子は廊下にいた修一と真由子へ言った。

「どうも……」

修一の頬は紅潮していた。やり切ったという充実感が表情に出ていた。

「真由子、もう終り？」

「ええ。すっかり汗かいちゃった」

と、ハンカチで額の汗を拭く。

「爽香さんが、ちょっとお話があるんですって」

「え？」

真由子が当惑したように爽香を見た。


「どうもありがとう」

と、修一は言って、ヴァイオリンを友永美咲に差し出した。

「相性が良かったみたいね」

「うん。ヴァイオリンが自分で鳴ってくれてるみたいだったよ」

「凄い！　私、そんな気分、味わったことないわ」

と、美咲は笑って言った。「あなた、本選に残れたら、明日はオケと共演よ。それ、使って」

修一は首を振って、

「いいんだ。もう充分だよ」

と言った。

「でも――」

「本選に残っても、それは君のおかげだ。僕はそれ以上甘えられないよ」

「もったいないじゃないの」

「また機会はきっとあるよ。僕は病院に行って、母の手術が終るのを待つ。それが僕の今やるべきことだ」

「それじゃ……」

「もしも本選に残ったら、棄権するって言って行くよ。これで満足だからね」

美咲は肯いて、

「分ったわ」

と、ヴァイオリンを受け取った。「あなたのは、ケースの上に置いてある」

「ありがとう」

と、修一は微笑んで、「汗が飛んでるかもしれないから、拭いておいて」

「うん、分った」

修一は手早く自分のヴァイオリンをしまうと、足早に控室を出て行った。

美咲は廊下まで出て、修一を見送った。

「――話は聞こえたわ」

と言ったのは爽子だった。

「いいんでしょうか、これで」

「谷田君が決めたことですもの。――その代り、きっとお母さんは元気になるわよ」

「そうかもしれませんね……」

と、美咲は肯いて、「頑張れ、谷田！」

と、笑顔で言った。


「父が……。そうですか」

と、真由子は爽香の話を聞いて言った。

「その人はそう言ったわ」

と、爽香は言った。

「父は死んだんです。私にとっては」

と、真由子は言った。「ご心配かけてすみません。もう忘れて下さい」

「そう」

「他の方に迷惑をかける話じゃありませんから。後はもう……」

「口出しはしないわ。でも、憶えておいてね。一人じゃ解決できないときは、人の手を借りていいのよ。誰でも、そうして生きているんだから」

「はい。ありがとうございます」

真由子は頭を下げると、控室へと入って行った。

爽香は、爽子と一緒にホールを出た。

「考えたくないけど、あの父親の態度は、どう考えても……」

と、爽香は言った。

「危険があるかしら?」

と、爽子は訊いた。

「そうね。真由子さんがあくまではねつけたら、どんなことになってもおかしくない……」

「でも——」

「もちろん、そこまで真由子さんの人生に干渉はできないわ。ただ、本当に身の危険があると思ったら、私に遠慮なく言うように伝えて。警察にも知ってる人はいるし」

「それはもう、あてにしてます」

と、爽子は言って微笑んだ。

——爽子と別れると、爽香は地下鉄の駅へ向いながら、久保坂あやめに電話した。

「チーフ、今は——」

「これから社へ戻るわ。二十分くらいかな」

「分りました」

「何か連絡は?」

「いえ、特に。ただ……」

「どうしたの?」

「ちょっと待って下さい」

あやめが、どこか周囲に人のいない所に移動したのが分る。

「――もしもし」

「あやめちゃん、何かあったの？」

「そういうわけでもないんですけど。ただ、さっき社長、出かけたみたいなんですよね」

「出かけた？　でも、今日二人で話をするってこと、分ってるはずだから、戻って来るんじゃない？」

「たぶん……。でも、あの人には訊けないし」

あの人、とはもちろん朝倉有希だ。

「彼女は一緒に出かけなかったのね？」

「ええ、社長一人のようでした」

「そう。――ともかく社に戻るから」

「分りました」

ちょうど地下鉄の駅への下り口だった。

爽香は足早に階段を下りて行った。

ホームにはあまり人がいない。ちょうど混雑の谷間の時間なのだろう。

ケータイが鳴った。松下からだ。

「——はい」

「今、どこにいる？」

と、松下はいきなり訊いた。

「地下鉄の駅です。聞こえますか？」

「周りに怪しい奴はいないか？」

「え？」

松下の口調は真剣そのものだった。

後ろを向こうとした爽香の体を、誰かが力をこめて押した。

突然のことで、爽香はホームの端まで転って、線路へと落ちた。額を打って、目がくらんだ。

何とか起き上ると、

「大丈夫ですか！」

と、ホームから覗き込んだ男性が呼びかけて来た。

「すみません。——手を貸して下さい」

爽香は落としたバッグとケータイを拾うと、先にホームに投げ上げて、それから上の男性に手を引張ってもらった。

「すみません……。ありがとうございました」

「血が出てますよ、おでこから」

「ええ……。大したことないです」

爽香はケータイから、松下の声がしているのに気付いた。

「――もしもし」

「おい、どうかしたのか？」

「もう少し早く言ってくれたら……」

「何がだ？」

「誰かにホームから突き落とされました」

「それで――どうした？」

「電車はいなかったんで……。あ、今やって来たわ。でも、誰がやったのか見てないんです」

と、爽香は言った。「私が危いって、どこから聞いたんですか？」

電車が入って来ると、その音で話ができなくなった。

「待って下さい。一旦駅から出ます」

爽香はホームからエスカレーターで上って行きながら、やっと額の傷が痛み出していた……。

17 壁の前

「お帰りなさい」

と言い終るより早く、「どうしたんですか、その傷！」

あやめが立ち上る。

「大丈夫。大したことないの」

と、爽香は言って、「救急箱持って、会議室に来て」

「すぐに」

あやめがびっくりするのも無理はない。

ホームから転落して、ちょっとぶつけただけだったのだが、少したつと紫色にはれて来たのだ。

「お岩さんほどひどくない」

空いている会議室で、あやめに手当してもらいながら、爽香は言った。

「冗談言ってる場合じゃないですよ！」

と、あやめに叱られる。

「もういいわ。ガーゼ当てて、テープでとめてくれれば……」

「ちゃんとMRIを撮ってもらって下さい」

「大げさよ」

「頭は怖いですよ。私が同じ目にあったら、きっとそう言うでしょ？」

そう言われると、爽香も苦笑するしかなかった。その通りだ。

「社長は戻った？」

「まだみたいです。私、電話してみましょうか？」

「社長に直接訊くの？『約束忘れたんですか？』って。――そんなのだめよ」

「でも……」

「松下さんから言われたの」

「何か分ったんですか？」

「詳しく聞く余裕がなかったの。でも、あのインタビューに来た黒沼の身辺を調べたら、ジャーナリストを自称してるだけのフリーの記者だと分ったの。名刺にあった〈A特報〉も、社員じゃないと呆れてたそうよ」

「勝手に名のってたんですね？　でもそんな男にインタビューさせたのは社長ですよ」

「そうなのよね」

と、爽香はため息をついた。「松下さんの話で、朝倉有希が黒沼を雇ってると分った。それは要するに、彼女が社長の弱味を握ってるってことでしょう」

「どんなことなんでしょうね」

「あんまり考えたくないけどね」

と、爽香は言った。「ともかく社長が戻ってるかどうか……」

会議室を出ると、廊下を朝倉有希がやって来るところだった。

「あら、杉原さん。どうしたんですか？」

と、有希が目を見開いて、「電柱にでもぶつかったんですか」

「外を歩いてたら、カラスが飛んで来てね。何か恨みを買ってたみたい」

「まあ、物騒ですね」

と、有希は笑って、「杉原さんはずいぶん色んな人の恨みを買ってるんだって伺いましたけど、カラスまで？」

「誰がそんなことを言ったの？」

「もちろん社長です。お分りでしょ？」

「私、社長とお約束があるんだけど、戻られてる？」

「ああ、忘れるところでした」

と、有希は平然と、「社長から伝言で、『大事な仕事の打合せが入ったから、時間が取れない』とのことです」

「――そう」

「とても大事な打合せだそうですけど、杉原さんは知らないんですか？　そんなこと、あるんですね。社長のお気に入りのあなたが」

爽香は何も言わなかった。

「じゃ、失礼」

と、有希はさっさと行ってしまう。

あやめはその後ろ姿をにらんで、

「好き勝手なこと言って！」

と、叩きつけるように言った。

「冷静になって」

と、爽香は言った。「腹を立てると、口にしちゃいけないことも言ってしまうわ。用心して。向うにつけ入る隙を与えないこと」

「分りますけど、でも……」

「何もしないで放っとくわけじゃないわ。でも、焦りは禁物よ」

「はい」

あやめはふくれっ面で肯いた。

「お母さん、どうしたの？」

と、珠実がびっくりして目を丸くした。

「ちょっとぶつけてね。大丈夫なのよ」

とは言ったものの、鏡を見ると、娘が驚くのも無理はない。

「おい、大丈夫か」

と、明男が後ろから鏡を覗き込んで言った。

「まあね……」

これじゃ、「大丈夫」とも言えない。

ともかく、早目に帰宅した爽香は、三人で夕飯を食べながら、珠実の学校での話を聞くようにした。

「――でも」

と、珠実は、「ごちそうさま」と言ってから、「私のことより、お母さん、自分のことに気を付けてね」

と、しっかり念を押した。

「うん、分った。――気を付けるわ」

と、爽香は肯いて言った。

——夜、爽香はコーヒーをいれて、明男と二人で飲んだ。

珠実がお風呂に入ると、爽香は初めて今日の出来事を明男に話した。

「そいつは……。ただ犯罪ってだけじゃない。殺人未遂だぞ」

と、明男は爽香の肩を抱いて言った。

「うん、分ってる」

と、爽香は肯いて、「でも、実力行使に出て来たってことは、向うも焦ってるんだと思うの。松下さんと明日会って、対策を考えるつもり」

「だけどな……。これまでも色々危い目にはあって来てるが、お前は人のためを思って働いて来た。お前を恨む奴がいるとしたら、そいつが悪いんだ。殺されかけたんだぞ。相手に同情なんかするな。叩き潰してやれ」

「明男……」

「俺にも珠実にとっても、お前の代りはいないんだ。忘れるなよ」

「忘れやしないよ」

爽香は明男に身を寄せて、しっかりキスした。唇から熱いものが胸に注がれる感じがした。

気が付くと、珠実がパジャマ姿で立って、二人を眺めていた。——爽香はちょっと咳払いして、

「もう出たの。風邪ひかないようにね」

と言った。

「私にも！」

と、珠実は駆け寄って来ると、爽香に抱きついて、頰っぺたにキスした。

「珠実ちゃん――」

「お母さんは負けないよね！　お父さんも私もついてるもん」

「そう。負けないわ。こんなに強い味方がいるんだもの」

爽香はそう言って、珠実のおでこに唇をつけた。

「おやすみ！」

珠実が、嬉しそうに笑顔になって、居間を出て行く。

「――聞かれてたな」

と、明男が言った。「心配してるんだ」

「母親が殺されるかも、って心配する子はあんまりいないわね」

爽香は深く息をついて、「私を狙った人間に後悔させてやる。相手が社長だろうが誰だろうが、容赦しないから」

「その意気だ。俺も何か力になるぞ」

「ええ。心強い用心棒だものね。この傷のお返しをしてやるわ」

もし、爽香をホームから突き落とした誰かが、これで爽香を怯《おび》えさせたと思っていたら、大きな誤算だ。こんなことは、爽香の闘志をかき立てるだけなのだ。

「――明日、松下さんと会うとき、明男も来てくれない？」

「いいとも」

「あやめちゃんと、そう、栗崎様にも来ていただけたら。――作戦を立てて、対抗して、先手を打って、相手をあわてさせてやる」

「うん。それでいいんだ。もうのんびり構えてる時期じゃないぞ」

「うん」

と、爽香は微笑んで、「でも、もしかすると、クビになるかもしれないよ」

「そのときは、他の仕事を捜せばいいじゃないか。食べて行くぐらいは、何とかなるさ」

「そうね。――何とかなる。そう思えば怖くない」

「だけど、殺されるなよ！　それだけは用心しろ。コブができるぐらいならともかく」

「そう簡単にゃ死なないわよ」

爽香はそう言って、明男の手を固く握った……。


「ぎりぎりのタイミングだったよ」

と、手術を担当した医師は言った。「もう少し遅かったら、他へ転移してただろうね」

「じゃあ……大丈夫なんでしょうか」

谷田修一の声は少し震えた。

「もちろん、これからも定期的な検査は必要だよ。しかし、まあ大丈夫だろう。ともかくしばらくは様子を見て、体力をつけることだね」

「はい」

修一は、涙が浮んで来て困った。「――ありがとうございました」

と言う声は少しかすれて、頭を下げた拍子に涙がこぼれた。

「――お疲れさま。良かったわね、お母さん」

と、顔なじみの看護師が、修一に微笑みかけてくれる。

「はい。ありがとうございました」

「あなたも疲れたでしょう。一度、お家に帰って休んだら？」

「母が目を覚ましたら、話をして、帰ります」

「そう。親孝行ね、あなたって」

と、感心した様子だ。

母、谷田わか子はＩＣＵに入っている。十時間近かった手術を乗り切ったのだ。

修一は、自分の判断が正しかったと納得できて嬉しかった。

「コンクールが終ってから」

と言い張っていたわか子に従っていたら、手遅れになっていたのかもしれない。

自分の判断でヴァイオリンを売り、すぐ入院できるように準備したことで、母の手術を何日かでも早めることができたのだ。

「良かった……」

と、修一は呟いた。

そして、思い付いて、友永美咲にメールで母の手術の結果を知らせ、〈ヴァイオリンを貸してくれてありがとう〉と付け加えた。

向うも手術の結果が知りたかったのだろう、すぐに返信が来た。

〈良かったわね！ 谷田君の愛情が通じたんだわ。お大事にね。一度お見舞に行かせてちょうだい！〉

修一は嬉しかった。メールは続きがあった。

〈谷田君、最終選考に残ってたわよ。次のチャンスにはぜひね！〉

そうか。――でも後悔はなかった。むしろ、あそこで諦めて棄権したことが、母を救ったのだ。そう考えることで、満足感があった。

「谷田さん」

と、看護師が呼んだ。「お母様が、目を覚ましたわよ」

「はい！」

ＩＣＵに入るには、感染を防ぐように、白衣とマスク、手袋をする。

わか子は目を開けていたが、まだ麻酔から完全に覚めておらず、ぼんやりした感じで、それでもすぐに息子を見分けて、

「修一……」

と、小さな声で言った。

「お母さん。気分、どう？」

しかし、わか子は答える前に、

「コンクール、どうだったの？」

と言った。

「うん。二次まで通ったよ。調子は良かった」

「そう。――優勝できなかったのね」

「またチャンスがあるよ」

「ごめんね。お母さんのこと、気になって集中できなかったわね」

「でも、弾いてる間は忘れてた。伴奏の並木さんもすばらしかったし。――終って、すぐ駆けつけて来たよ。ね、いい時に手術したって、先生が。もう少し遅かったら、ずっと大変なことになってたって。お母さん、運が強いんだ」

「そうね……。こんないい息子がいるんだから」

「お母さんにそんなこと言われるの、初めてじゃない？」

と、修一は少しホッとして、「あんまり話してられない。明日、また来るね。ゆっくり眠って」

手袋をした手で、わか子の手を握る。

「そうね。いくらでも眠れそうだわ……」

と、わか子は微笑んだ。

「――よろしくお願いします」

修一はナースステーションに挨拶して、エレベーターへと向った。

正直、ハラハラしていたのだ。母が、自分の体よりコンクールの方を気にして、自分を責めているのではないかと心配だった。

しかし、今のわか子は一人の「病人」だった。自分の力でできることは限られていると悟ったのだろう。

ともかく、今は帰って寝よう。

「疲れたな……」

さすがに、「長い一日」の疲れが一度に押し寄せて、修一はバスに乗ると、じきに眠ってしまった。

そして——ガクンとバスが揺れて、ハッと目を覚ました。

え？ ——乗り過したかな、と一瞬思ったが、表示を見てホッとした。まだ大丈夫だった！

欠伸《あくび》をして、しかし——気が付いた。

空いたバスの中、抱きかかえるように持っていたヴァイオリンが、失くなっていたのだ。

「まさか……」

血の気がひいた。——盗まれたのか？

他に考えられない。どうしよう！

そのとき、向いの席に座っていた老人が、

「あんた、ヴァイオリンが床に落ちたのに気付いてなかったからね。上の棚にのせてあるよ」

と言った。

見上げて、そこにヴァイオリンがあるのを見ると、修一は赤面して、

「ありがとうございました！」

と、その老人に言った。

18　しくじり

「それ、確かですか？」

爽香は、松下を怒らせてしまうかもしれないと分っていたが、そう言わずにいられなかった。

しかし、すぐに、

「ごめんなさい」

と続けて、「確かでなきゃ言わないですよね」

「お前の気持は分る」

と、松下が言った。「しかし、いくつかの情報源から聞いた話だ。まず間違いないと思う」

「そうですか……」

やや重苦しい沈黙があった。

夜、栗崎英子のドラマ収録の終るのを待って、爽香の一家がよく利用する中華料理店に集まっていた。

爽香と明男、そして久保坂あやめ。加えて栗崎英子、そして松下。

爽香たちは早めに来て、珠実と一緒に食事をすませた。そして明男が一旦珠実を連れて帰宅してから、もう一度戻って来たのである。

「――ともかく、大切なのは爽香さんの命」

と、栗崎英子が言った。

「ありがとうございます」

と、爽香は言ったが……。

「ショックですね」

と、あやめが言った。「〈G興産〉が合併……」

「それも大手の〈B通商〉に吸収される形でね。まさかそこまで話が進んでるなんて」

と、爽香は考え込んだ。

対等な合併ならともかく、大手に吸収される合併では、吸収される方は、かなり惨めなことになりかねない。

「すでに、〈G興産〉はいくつかの土地を〈B通商〉に売却している」

と、松下が言った。「駐車場にするくらいしか、使い道のない土地だがな」

「他の幹部は知ってるんですかね」

と、あやめが言った。

「知らないんじゃないかな。知ってれば、もっと騒ぎになるでしょう」

と、爽香は言った。

吸収されるとなれば、当然今の幹部社員も全員が残れるわけがない。直接自身に降りかかる問題となれば、いくら社長から口止めされても黙ってはいられないはずだ。

「松下さん」

爽香は松下の話に気になることがあった。「〈G興産〉が売った土地って、大して重要な物件じゃないんですね？」

「そうだ。買った方でも、どう使うか決っていないってことだった」

「それじゃ……。もしかすると、田端社長も合併にあまり気が進まないのかもしれませんね。ともかく〈B通商〉とのつながりを保つために、必要のない土地を処分したということなら」

「その可能性はある。いや、田端の性格は、お前の方がよく知ってるだろう」

「そのつもりです。だから納得できないんですよ。自分一人でそんな話を決める人じゃないと思うので」

少し間があって、栗崎英子が、

「あやめちゃん、買物は済んだ？」

と訊いた。

「手配は終りました。ただ、すぐには手に入らない物もあるので、注文しています」

「何の話です？」

と、明男が言った。

そのとき、松下のケータイが鳴って、

「――おい、例の黒沼からだ」

と、爽香へ言ってから、「――ああ、松下だ。――何だ？　今から？　――分った。すぐ行く」

爽香はあやめと顔を見合せて、

「あのインチキなインタビュアーですね。何と言って来たんですか？」

「すぐ会いたいと」

「話したんですね、黒沼と」

「ああ、ともかく向うが話したいことがあるそうだから、行ってくる」

「私も行きます。栗崎様すみません」

「いいのよ。あやめちゃんも行きなさい。一人でも多い方がいい。ちゃんと話を録音して後で聞かせて」

「分りました」

「私はタクシーで帰るから大丈夫よ」

「でも――。明男、栗崎様をお送りして」

「分った」

「後日、また必要なら集まりましょう」

爽香たちは、松下の車で、黒沼のオフィスへと向った。

車の中で、松下が言った。

「さっき話す暇がなかったが、今度の合併の話に、裏で動いてる人間がいるって話になってる」

「誰ですか？」

松下はニヤリとして、

「お前だ」

爽香は目を丸くして、

「私？――〈B通商〉の人なんか、会ったこともないですよ」

「お前が田端社長をたきつけて、合併話を進めたという噂が流れてる」

「そんな……」

あやめが、

「名刺ですね」

と、言った。「黒沼がチーフの名刺を欲しがったのは――」

「いい勘だ」

と、松下が肯く。「〈杉原爽香から打診があった〉というメールが〈B通商〉の上の方に流れて、そのメールにお前の名刺の写真が添付されてるそうだ」

「でも、渡しませんでしたよ。黒沼が作ったんですね。あの朝倉有希の名刺を参考にして。でもあの名刺も松下さんが……」

「黒沼は、叩くといくらでもホコリの出る奴だ。あいつから向うの企みを崩してやれるだろう」

「――私がそんなに邪魔なのかしら」

と、爽香はため息をついた。「それにしても、社長がどうしてそこまでやらせてるのか……」

「そこの秘密を、黒沼から聞き出せるかもしれない」

車は二十分足らずで、古ぼけた三階建の建物に着いた。

「こんな所にオフィスが？」

「オフィスったって、一人で小さな部屋を借りてるだけだ」

松下は車を降りて、「行こう」

――三人はビルへと入って行った。

エレベーターはない。薄暗い階段を上って行くと、爽香が途中で足を止めて、

「待って」

と言った。「今、足音がしなかった？」

「え？　どこですか？」

爽香はちょっとの間、耳を澄ましていたが、

「――気のせいかしら」

と、首を振って、「階段って、これしかないですよね」

ともかく、三階へ上って、

「――ここだ」

細かく区切られているらしい。ドアの一つを、松下は叩いた。――返事がない。

「おい、黒沼」

と呼びかける。「松下だ。入るぞ」

鍵はかかっていなかった。ドアを開けると、中は机と椅子が一つ。そして古ぼけたスチールキャビネットが並んでいて、あまり隙間はなかった。

明りが点いていて、ドアに鍵がかかっていない。爽香はいやな予感がした。

「あやめちゃん。どこにも触らないで」

「はい……。いませんね、黒沼」

「おい、そこの……」

「松下さん、素手で開けない方がいいです」

「うん」

松下はハンカチを出して、両開きのキャビネットの扉に近付くと、扉を開いた。

「――まさか」

と、あやめが言った。

「こんなこと……。どうして？」

爽香は、そのキャビネットの中に、押し込まれるようにうずくまっている黒沼を見て、思わず言った。

「死んでるな」

松下はそっと黒沼の首に指を当てた。

「血だまりが……」

キャビネットの中に血がたまっている。

「隠れて見えないが、たぶん胸か腹を刺されてるんだろう」

「手をつけずに、警察へ連絡しないと」

「ああ。――顔なじみの刑事へ連絡する」

松下は冷静だった。

「――チーフ、ここにいない方が……」

と、あやめが言った。

「いいえ。ここへ入るのを誰かに見られてるかもしれない。監視カメラに映ってるかも。いなくなれば怪しいと思われるわ。こうして三人でいた方が、疑われなくてすむ」

「その通りだ。面倒だがな」

と、松下はケータイをしまって、「すぐパトカーが来るだろう」

「何か落ちてる」

あやめが身をかがめて、「机の下に……」

拾い上げたのは――名刺だった。

「指紋に気を付けて」

「大丈夫です。ハンカチでつまみました」

と、名刺を机の上に置くと、「見て下さい。これ、チーフの名刺ですよ」

「本当だ。でも、うちの社のとは、文字のタイプも違うわね」

「これが、例のメールに写真で添付されてる名刺だろうな」

「でも、殺された？　どうしてでしょう」

「何かへまをやったんじゃないか。あの女に散々怒られてたからな」

「朝倉さんがやったんでしょうか？　でも、そこまで……」

「自分では手を下さないだろう。しかし、黒沼の口から秘密がばれてはまずかった」

「チーフ、さっきの足音って……」

「逃げるところだったかもしれないわね。まだ刺されて間もないでしょう」

「でも、もう近くにはいませんね」

と、あやめが悔しそうに言った。

「ともかく――人が死んだ。これって、ただの合併話だけじゃ終らないってことね」

と、爽香は机の上の〈杉原爽香〉の名刺をじっと見ていたが、「――あやめちゃん」

「はい？」

「たぶん、そうね。黒沼がミスをして、それで文句言われるより、松下さんに話そうと思ったんだわ、きっと」

「何かミスが？」

あやめと松下がその名刺を覗き込む。

「名前は間違ってないな」

「社名、住所……。合ってますよね」

「ええ」

と、爽香は肯いて、「ただ――赤で印刷されてる〈G興産〉のマークが、上下逆さになってるわ」

少し間があって、松下が笑った。

「人が死んだっていうのに、いかんな。しかし、呆れた奴だ。例のメールがインチキだという証明になる」

「そうですね！」

と、あやめが力強く、「メールを真に受けた連中は、後で恥をかきますよ」

爽香は、机の上に積み上った本のかげにケータイがあるのに気付いた。

「電波入ってます？」

「うん。――メールが着信してる」

爽香はハンカチで、直接触らないよう用心しながら、着信したメールを開いた。

「このアドレス……」

「知ってるのか？」

「ええ。――これは田端社長の私的なアドレスです。社長が黒沼に何を……」

メール本文は短かかった。

〈マフラーのことについて、連絡しろ〉

あやめが眉を寄せて、

「マフラーって何でしょう？」

「分らないわ。でも……」

「おい、やめとけ」

と、松下が言った。

爽香は、ちょっとためらってから、田端からのメールを削除した。

「チーフ……」

「社長に疑いがかかったりしたら……」

「でも——」

「私は信じてるの。きっと社長は自分のしていることを後悔してる。でも、どうしようもない立場にいるんだわ」

「だけど、チーフを騙してるじゃありませんか」

「これまで、私は社長に何度も救われて来た。私がやりたいことを、やりたいようにやらせてくれた。——社長は変ってない。そう信じてるの」

「——そうですか」

あやめは肩をすくめて、「もし何かあったら、メールを削除したのは私ってことにして下さいね」

「そんなことできないわ！　それより、メールの〈マフラー〉って、何のことなのか……」

パトカーのサイレンが遠くに聞こえて来た。

19 対抗

「本当に、松下さんにはいつも助けてもらって……」

と、爽香は松下の車の中で言った。

「これも縁ってもんだ」

松下はハンドルを握っていた。「家まで送るよ」

「でも——申し訳ないです」

黒沼が刺殺されているのを見付けて、普通なら詳しく事情を訊かれるところだが、松下がなじみの刑事へ連絡していたこともあって、とりあえず今夜は帰宅していいということになった。

それには、松下だけでなく、爽香自身、今までにしばしば犯罪解決に協力して来たことが知られていたせいもあっただろう。

「遠慮するな」

と、松下は言った。

「私、タクシーを拾って帰ります」

と、久保坂あやめが言った。「チーフを送ってあげて下さい」

「分った。その辺の駅前でタクシーが拾えるだろう」

車が赤信号で停ると、松下が言った。「そうだ。話すのを忘れてた」

「何ですか？」

「〈牧原〉のことだ」

「それって……黒沼が電話してた相手でしたね」

「ああ。黒沼が『間違いなく金になる』と言って、『返済を待って』ほしいとも言ってた。黒沼が借金していたんだろうな」

「牧原って人のことが――」

「なかなかつかめなかったんだが、フィクサーの裏事情に詳しい奴が、『それは牧原三《さぶ》郎《ろう》のことだろう』と教えてくれた」

「どういう人なんですか？」

「企業の合併や吸収を裏で操っている男だ。対等な合併でも、一方の依頼を受けて、相手の隠したい汚ない話を探り出すんだな。そのネタは、前もっては表に出さず、正式な話し合いの場で突然切り出して相手に譲歩させたりするんだ。だから牧原の名は表に出ない」

「色んな商売があるんですね」

と、あやめが呆れたように言った。

「じゃ、今回の〈B通商〉と〈G興産〉の件でも……」

「どこまで絡んでるか分らないがな。黒沼はたぶんネタ集めに使われてたんだろう」

松下が車を駅前のタクシー乗場のそばへ着けた。すると、

「待って下さい」

と、爽香が言った。

「どうかしたか？」

「その牧原って人と連絡できますか？」

「自宅の電話と住所は聞いてある」

「そこへ行って下さい」

「牧原の自宅へ？　これから？」

と、松下が目を丸くした。


当然のことだが、夜中でもあり、電話は空《むな》しく鳴り続けていた。

しかし、爽香はしつこく牧原の家の電話にかけ続けた。何度か呼出し音が聞こえると、留守電のアナウンスが流れるが、爽香はすぐに切って、またかけ直した。

松下とあやめはただ黙って、何十回もかけ続ける爽香を見ていた。

そして――。

「どちら様ですか？」

不機嫌そのものの声が言った。お手伝いらしい、若い女の声だ。

「杉原爽香と申します。牧原様に重要なお話があります」

「旦那様はおやすみですから、また――」

「承知しています。緊急の用件ですとお伝え下さい」

「でも……」

下手に寝ているのを起して、怒られるのを心配しているのだ。それは当り前のことではあった。

しかし、そのとき、

「誰だ」

と、太い男の声が聞こえた。

「あの――杉原さんとか。もうおやすみですと申し上げたんですが……」

「杉原？」

少し間があって、替ると、「――何者だ？」

「牧原様ですね。杉原爽香と申します。黒沼さんからお聞きかと思います。〈G興産〉

の者です」

切られないように早口で言った。

向うはただ、

「何の用だ」

と言った。

爽香の名を知っていたということだ。

「黒沼さんのことで、緊急にお話ししたいんです。そちらにとっても大切な話です」

「どういうことだ」

「お会いしてお話ししたいのですが」

「こんな夜中にか？　——今、どこにいるんだ？」

「お宅の前にいます」

さすがに向うもびっくりしたようだったが、息をつくと、

「玄関へ来い」

と言った……。

ガウンをはおった、白髪混りの六十代。しかし、どこか人を圧倒するような存在感があった。

「お聞きでしょうか」

爽香は一切挨拶抜きで言った。「黒沼さんは殺されました」

「何だと?」

これには牧原もショックを受けたようだ。「どういうことだ!」

「私どもにも分りません。ただ、黒沼さんは私の名刺を偽造しようとして……」

と、爽香はポケットに入れて来た、あの名刺を取り出し、牧原の前に置いた。

「これが黒沼さんが偽造した私の名刺です。でも、会社のマークが逆さになっています」

牧原はその名刺を手に取って眺めると、

「ドジな奴だ」

と、苦笑した。「それで、何だというんだ?」

「黒沼さんは自分の事務所で刺し殺され、キャビネットの中に押し込まれていました。今、警察が捜査しています」

「誰がやった?」

「存じません」

と、爽香は首を振って、「でも、牧原さんのプランに、人殺しは入っていないのではありませんか。殺人事件は、そうたやすくもみ消せませんよ」

「言いにくいことをズバズバ言う奴だな。聞いてた通りだ」

「〈B通商〉と〈G興産〉の合併話については、私のような平社員の口出しすることではありませんが、黒沼さんがあなたに電話して、『間違いなく金になる』と言っていたのを、聞いた人がいます」

「それは――」

「そこは牧原さんのお仕事でしょう。私などの力の及ぶところではありません。ただ、ご忠告したくて伺ったんです」

「忠告だと?」

「余計なことと思われるでしょうか。でも、こと、殺人事件に関しては、牧原さんより私の方が経験豊富です。たとえどんな事情があるにせよ、殺人事件には係らない方が賢明です」

「俺の知ったことじゃない」

「でも、黒沼さんと係りがある以上、警察は牧原さんについても事情を訊くことになるでしょう。私が申し上げたいのは、殺人事件の捜査は特別だということです。万一、犯人をご存知で、かばったり逃がしたりすれば、確実に罪に問われます。そのことを忘れないでいただきたいので、こうして夜中に伺ったのです」

牧原はしばらく黙って爽香を見ていたが、

「——分った」

と、やがて言った。「憶えておこう」

「ありがとうございます」

爽香は立ち上って、「深夜にお邪魔しまして、失礼しました」

足早に玄関へ出ると、牧原がついて出て来て、

「変った奴だと聞いてはいたが、想像以上だな」

と言った。

「恐縮です。——では失礼します」

爽香は一礼して玄関を出た。


「全く、命知らずだな、お前は」

車を爽香の自宅へ走らせながら、松下が言った。

「部下にも同情して下さい」

と、あやめが言った。

二人とも、爽香が無事に戻ってくるかどうか、ハラハラしながら待っていたのだ。

「ごめん」

爽香も、二人の気持はよく分っている。「でも、相手はギャングの親分ってわけじゃ

ないし。それに、黒沼が殺されたってことを、他の誰かから聞く前に言いたかったの」

「向うはちゃんと聞いてたのか」

「ええ。全く知らなかったのは確かです」

と、爽香は言った。「これって、反撃するチャンスだと思ったんです」

「どういう意味だ？」

「今までは、あちらが一方的に事態を進めるだけでした。でも、黒沼が殺されたことは、誰がやったにせよ、予定外の出来事でしょう。これまでと違って、刑事事件ですから、警察が介入して来ます。もちろん、合併話と直接関係あるかどうか分りませんが、少なくとも、黒沼の身辺を調べて、〈G興産〉との合併話が出たら、〈B通商〉としては自社の名前が出ることを嫌うでしょう」

「なるほどな」

「話を聞いて、牧原がどう出てくるか分りませんが、やはり警察沙汰に巻き込まれたくないはずです」

「それで先手を打ったわけだな」

「あの犯行に係った人間を逃がしたり、かばったりはしないと思います」

「よく考えたもんだ」

と、松下は首を振って、「しかし、お前にとっちゃ、却って危いかもしれないぞ。お前が牧原に忠告したと知れたら」

「大丈夫です」

と、爽香は言った。「牧原が、私なんかの言ったことを気にしてるなんて、認めっこありませんよ」

あやめがため息をついて、

「でも、人一人死んでるんですよ、チーフ。誰か頭の悪いのが、チーフを逆恨みすることだってあり得ます」

「用心するわよ。心配かけてごめん」

「本当に……」

車はしばらく静かな夜道を走った。

「――もうじきだな」

「チーフ、ご主人に電話しなくて――」

助手席のあやめが後部席の爽香を振り返ると――爽香は眠っていた。

翌日、さすがに爽香も午後から出社することにした。

一時を少し過ぎて、ビルへ入って行くと、あやめがロビーで待っていた。

「どうかした?」

と、爽香は訊いた。

あやめがわざわざ下のロビーで待っているのは、よほどのことだ。

「お昼休みの前に、社長がチーフを呼びに来たんです」

と、あやめが言った。

「呼びに来た？　電話とかじゃなくて？」

「ええ、ご自分でやって来られて。午後からですと言うと、出社したらすぐ社長室へ来るように言ってくれ、と……」

「分ったわ」

と、二人はエレベーターへ急いだ。

「それから――」

と、あやめがエレベーターの中で言った。「今日、朝倉さんがお休みしています」

「そう」

「朝の内に何か大事な用があったらしいですが、社長が困ってました」

「それで呼びに来たのかしら」

「それだけじゃなさそうですけど」

爽香はバッグをあやめに預けて、直接社長室へ向った。

「――失礼します」

と、爽香は社長室へ入って行った。

「ああ……」

田端が顔を上げた。「今来たのか」

「ゆうべ遅かったもので。すみません」

「いや、まあ、それは……」

「何かお話が？」

と、爽香は言った。「お友達の黒沼さんが亡くなったことでしょうか」

田端はちょっと目をそらすと、

「友達なんかじゃない。知ってたんだろ」

と言った。

「社長がお付合する相手ではないと思いました」

田端は椅子から立ち上ると、

「殺されたと警察が知らせて来た」

と言った。「黒沼のケータイに、僕の着信があってね。ゆうべのことだ。黒沼は出なかったが……」

田端は落ちつかない様子で、社長室の中を歩き回っていたが、爽香が、

「死体を発見したのは私です」

と言うと、足を止めた。

「君はいつもこういう事に巻き込まれるんだな」

と、苦笑して言った。

「社長。〈マフラーのこと〉って、何ですか？」

田端の顔がこわばった。

「どこでそれを――」

「黒沼のケータイにメールされましたね」

「そうだった……」

忘れていたのか、田端が嘆息した。

「そのメールは私が消去しました」

「何だって？」

「〈マフラー〉って、何のことですか？　それが、社長が朝倉さんの言うことを聞く理由ですか？」

爽香はひと息で、たたみかけるように言った。

田端は、しばらく立ち止って動かなかったが、

「君がどう思ってるかは分ってる」

と言った。「だがね――」

そのとき、田端のケータイが鳴った。

「出ていましょうか」

「いや、家からだ」

と言って、田端は爽香に背を向けると、「――もしもし。――ああ、どうした？」

爽香は田端が一瞬息を呑むのを見た。

「――分った。すぐ行く」

声が上ずっていた。

「社長――」

「悪いが、すぐ行かないと」

田端はケータイを手に持ったまま、言った。「お袋が倒れた」

思いもかけない言葉だった。――田端真保が倒れた？

「真保様が？」

「失礼するよ」

田端が社長室から小走りに出て行った。爽香も、ただそれを見送ることしかできなかった。

20 準備

エレベーターホールで、あやめが待っていた。爽香を見ると、

「何の話だったんですか？」

と訊いた。

「話の途中で――」

爽香の話に、あやめも愕然《がくぜん》として、

「真保様が……。具合、どうなんでしょう」

「そこまでは訊けないわ。ともかく秘書課の人に、下へ車を回すように言って来た」

「でも……心配ですね。色々と」

あやめの言いたいことは分っていた。

田端真保は、これまで何かと爽香の力になってくれていた。田端も、母親から、いつも爽香の言うことに耳を傾けるよう言われていたのだ。

「合併話の歯止めがきかなくなるかもしれませんね」

「そうね。——私も、真保様が合併の話を知ってらっしゃるのか、訊いてみようと思ってたけど。こうなると……」

爽香のケータイが鳴った。「——まあ、栗崎様だわ。——もしもし」

「今どこにいるの？」

と、栗崎英子が言った。

「会社です。エレベーターホールで」

「聞いた？　田端真保さんが入院したって」

「どうしてご存知なんですか？」

爽香はびっくりして言った。

「真保さんのかかりつけのお医者さんが知らせてくれたの。真保さん、心臓が悪くなっててね、そのお医者に何かあったら知らせてくれって頼んであったの。救急車で運ばれたのよ。病院はT大医科大病院」

「ありがとうございます。栗崎様は——」

「言ってなかったけど、このところ、年寄り同士で真保さんととても仲良くしてたの」

と、栗崎英子は言った。「様子が知れたら連絡するわ」

「かしこまりました。ありがとう——」

切れてしまった。爽香は、

「T大病院に知ってる先生、いたかしら」

「たぶん。調べます」

爽香も、栗崎英子が真保とときどき会っていたことは知っている。しかし……。

「ともかく、仕事だわ」

と、気を取り直して言うと、爽香は席へと向った。


初めの声がスッと滑らかに出れば大丈夫。

ピアノを弾きながら、真由子はホッとしていた。金田夏子の声はホールの空間を満たすように朗々と広がって行った。

伴奏しながら、真由子は審査員の目の輝きが違っていることに気付いていた。

しっかり声が出ていることを自分でも分って、夏子も緊張がほぐれたのだろう。ますます豊かな声を響かせている。

〈ボエーム〉のアリアを歌い終ったとき、審査員からはごく自然に拍手が起った。

袖に入ると、

「汗かいた！」

と、夏子が息をつく。

「良かったわよ」

と、真由子が肯く。「この調子でね」

「真由子さんがうまく導いてくれるから」

「呼吸が合うのね、私たち」

真由子は夏子の肩を叩いて、「ひと息入れて。——足下、気を付けてね。転ばないように」

明るいステージから袖に入ってくると、すぐには目が慣れなくて、つまずいたり、階段を踏み外すことがあるのだ。特に、コンクールの出場者は、自分で思っているよりも、あがっているので、注意力が散漫になる。

二人で楽屋へ入ると、真由子はケータイに爽子から着信があったことに気付いて、かけてみた。

「——ええ、今、一曲終ったところ。彼女、すばらしい。で、何か私に用？」

「爽香さんから頼まれたの」

と、爽子は言った。「あなたのお父さんがそっちへ行くかもしれないって。一応ガードマンに話してあるけど、あなたも用心してね」

「わざわざすみません。——大丈夫です、私」

真由子は礼を言って切ったが、聞いていた夏子が心配して、

「真由子さん、何かあったんですか？」

「いいの。ごめんね、余計なことで」

そこへ、楽屋のドアをノックする音がして、ガードマンが顔を出した。

「河村爽子さんから言われてたんですが、それらしい男性をチラッと見たようで……。他に呼ばれて、確認できなかったんです」

「そうですか。気を付けます。ありがとう」

気は重かったが、今は夏子の伴奏に集中しなくては……。

「心配かけてごめんね」

と、真由子は夏子に言った。

「いえ……。誰でも悩むことってありますよね」

「そう。何も考えないで生きていくなんてこと、あり得ないのね」

「私も考えます。これ以上太ったら、ドレスが入らなくなるって」

夏子が真顔で言うので、真由子は笑ってしまった。

——当然一次審査は通過し、夏子たちは二次審査に臨むことになった。

オペラのアリアではなく、イタリア歌曲だ。声だけでなく、発音と詞の解釈が問われる。

モニターを見ていた真由子が立ち上って、

「行きましょう」

と促した。

夏子は歌曲集の分厚い楽譜を手に、楽屋を出た。

前のバリトンの男性が歌っている。二人は階段を上って、ステージの袖で控えていた。

夏子の次の出場者のテノールの男の子がせっかちに早めに階段を上って来ようとしたが——。

「何するんですか？」

階段を、その男の子を押しのけるようにして上って来たのは、真由子の父親だった。

「お父さん、何なの！」

と、真由子は押し殺した声で言った。

大声を出せばステージに聞こえてしまう。

「けりをつけるんだ」

父親の手に白く刃物が光って、「お前を逃がしやしないぞ」

と、真由子へと駆け寄ろうとした。

その瞬間、夏子が手にしていた分厚い楽譜を、思い切り真由子の父親の顔へ叩きつけた。夏子の腕力も並ではない。

真由子の父親は後ずさって、そのまま階段を転り落ちてしまった。

「大丈夫ですか！」

そこへ、ガードマンが駆けつけて来た。「気が付いたんですが、離れてて」

「あの……ナイフか何か持ってるみたいですよ」

と、夏子が言った。

「すぐ警察へ連絡します！　――気絶してますね、この人」

真由子が息をついて、

「夏子さん、ありがとう……」

と言った。

「いいえ。――楽譜って、こんなことにも役に立つんですね」

と、夏子は言った。

ちょうど前のバリトンが歌い終った。

そして、夏子の名が呼ばれたが――。

「真由子さん、どうしたんですか？」

と、夏子が当惑顔で言った。

真由子が、すぐには動けなかったのだ。ハンカチで涙を拭《ぬぐ》って、やっと、

「――ごめんなさい。行きましょう」

と、夏子を促した。

「大丈夫ですか？」

「ええ。さ、歌に集中！」

「はい！」

二人がステージに出て行くと、審査員たちは、メモを取る手を休めて、聴き入る体勢になった。期待されているのだ。

——真由子は、父親のことが悲しくて泣いたのではなかった。夏子が父親を叩き落とした光景を見て、そして夏子が「楽譜って、こんなことにも役に立つんですね」と言ったのがおかしくて、笑いをこらえていたのだった。

同時に、父との間の秘めていた記憶が、今まで重しのように自分の上にのしかかっていたこと。——その息苦しさが、一気に溶けて消えて行ったことで、涙が出たのである。

解放された喜び。ピアノの鍵盤に指を走らせながら、真由子は何とも言えない快感を覚えていた……。


その女性のコートに、岸本は目をとめた。

〈NK美術館〉は、入館者をいちいちボディーチェックなどしていない。

ガードマンでもない、学芸員の岸本がその女性を気にして見たのは、たまたまのことだった。

岸本は、館内の人の流れを見るために、展示室を回っていた。そして——四十前後かと見える女性が、展示された絵をほとんど見ずに歩いていることに気付いて、首をかしげたのである。

だからといって、理由もなく咎めだてはできない。それでも気になって、岸本は女性の斜め後ろの位置から、様子をうかがっていた。

はおったコートを入口で預けていないことも気になっていたが、その左側のポケットに何か重い物が入っているように見えたのである。

その女性が足を止めると、バッグを開けた。左右へ素早く目をやって、バッグから取り出したのはライターだった。

岸本は、

「ちょっと！」

と、声をかけた。「何ですか？　そんな物――」

女性がハッとして振り向くと、コートの左のポケットからガラスのびんを取り出した。右手がライターを握っている。

油の匂いがした。びんの口に布が詰めてある。ライターの火が点いた。

「何するんです！」

岸本がびんを取り上げようとした。女性が逃げようとしてよろけながら、びんの口に詰めた布にライターで火を点ける。

手製の火炎びんだ。しかし、簡単には着火しなかった。

「やめなさい！」

岸本が女性の手からびんを奪おうとした。

振り払おうとして、女性はびんを床へ落としてしまった。びんが砕けてガソリンらしい液体が飛び散った。

ライターを岸本が叩き落とす。――ライターの火が、女性のコートを燃え上らせた。飛び散った液体がコートに飛んで、ライターの火が移ったのだ。

床の液体は燃え上らなかったが、コートが燃えて、女性が悲鳴を上げた。

「脱いで！」

岸本はコートを脱がそうとした。だが、パニックになった女性が暴れて、思うに任せない。

ガードマンが気付いて駆けつけて来た。

「コートを脱がせろ！」

と、岸本は叫んだ。

女性は悲鳴を上げながら両手を振り回していた……。

「弟を殺したわ、あんたは！」

と、その女性は琴江をにらみつけて言った。

「弟さん？　――じゃ、神崎晃夫さんのお姉さんですか？」

琴江は愕然としたが、「――晃夫さんは車の事故で亡くなったんです」

「嘘よ！　分ってるくせに！」

と、女性は叫ぶように言った。「弟は死ぬつもりだったのよ。あんたのせいで」

琴江はそれ以上何も言わなかった。言ったところで聞きはしないだろう。

「岸本君、大丈夫？」

「ええ。手にちょっと火傷《やけど》しただけで。これぐらいは……」

女性は、コートを脱ぐのに手間取って、左腕に火傷をしていた。

「救急車を呼んでいます」

と、岸本が言った。「パトカーも。放火未遂ですよ」

「あんたに火をつけてやりたかったわ！　弟はあんなひどい死に方をしたのに、あんたは……」

ガードマンが、オフィスに顔を出すと、

「救急車が来ました。パトカーも一緒です」

琴江はため息をついて、

「ちゃんとお話をしましょう。その前に火傷を治して下さい」

晃夫の姉——後で、神崎早紀子《さきこ》という名だと知った——は恨みのこもった目で、琴江をにらみながら、オフィスを出て行った。

21　マフラー

爽香は、外来受付にズラッと並んだ長椅子の隅の方に座っていた。

T大医科大病院も、午後遅くになると外来受付が終了するので、昼間は患者で溢れる待合所も、今は閑散としている。

正面玄関から、何人か〈G興産〉の幹部がせかせかと入って来るのを、爽香は遠くから眺めていた。

「あ……」

玄関を入って来たのは、栗崎英子だった。

爽香は急いで立つと、エレベーターの方へ足早に歩いて行く英子を追いかけた。

「──栗崎様」

大声を出せないので、やっと追いついて声をかけたのは、もうエレベーターのボタンを英子が押そうとしたときだった。そして、振り向いたときには、もうその手はエレベーターを呼ぶボタンを押していた。

「あら、どこにいたの？」

と、英子が訊く。

「待合所の奥の方です」

「どうして？　ちゃんと真保さんの病室に行ってればいいのに」

栗崎英子は、入院した田端真保を見舞に来ているのだ。

「そういうわけにはいきません」

と、爽香は言った。「ご家族や会社の幹部が今、駆けつけています。私が先に顔を出したら……」

「それもそうね」

と、英子は肯いて、「私なら文句ないでしょ。じゃ、その辺で待ってて。上の様子を見て電話するわ」

「よろしくお願いします」

爽香がそう言い終る前に、エレベーターの扉が開いて、英子はすぐに乗り込んで行った。

爽香は、待合所の長椅子に戻った。腰をおろすと同時に、ケータイへ久保坂あやめからかかって来た。

「――もしもし」

爽香は病院を一旦出ると、玄関前から少し傍《わき》へ外れた。

「チーフ、どんな具合ですか？」

「今、栗崎様が病室へ向われたわ」

「そうですか。回復されるといいですね」

「仕方ないわよ。いつまでもご高齢の真保様を頼ってはいられないわ」

「でも、今の状況で……」

と、あやめは言いかけて、「新見琴江さんから連絡が」

「美術展のこと？」

「いえ、大変だったそうです、館内。アメリカで車の事故で死んだ男の姉という女が放火しようとして」

「え？」

爽香は、あやめの話を聞いて、「――じゃ、食い止められたのね。良かった！」

と、息をついた。

「チーフに連絡したいとのことでしたが、今はちょっと、と言っておきました」

「ありがとう。時間ができたら、こっちから連絡するわ」

英子からかかってくるかもしれない。爽香は通話を切ると、少し外で待っていることにした。

――田端真保は、爽香に目をかけてくれた。そのことが、息子である社長にどう受け取られていたか、爽香にも確信はなかった。

〈G興産〉の中では、爽香のことを面白く思わない人々の理由の一つにはなっていただろう。しかし、爽香の方から真保の好意に甘えることはなかったはずだ。少なくとも仕事の面では。

ケータイが鳴った。英子からだ。

「――意識不明なの」

と、英子が言った。「医者は、まだしばらくもつだろうって。でも、私の見た感じでは、長くないと思うわ」

医師よりも英子の直感の方が当てになるような気がした。

「今、どちらに――」

「トイレに行くって出て来たわ。大丈夫。病室は幹部連中が大勢いて、病人には悪そうよ」

「私はご遠慮した方が良さそうですね」

と、爽香は言った。

「そうね。今あなたが病室へ入ってったら、何かといやな目で見られるでしょう。何かあれば私から連絡するわ」

「お願いします。夜遅くに伺うつもりです」

「ああ、それがいいかもしれないわね」

よろしく、と切って、爽香はちょっとため息をついた。

社の幹部より、爽香の方が何十倍も真保を理解していただろう。

「あら……」

ケータイに何件かメールが着信しているのを見て、思わず声を上げた。真保からのメールが入っている！

いつも件数が多いので、まとめて見るようにしていた。時間を見ると、昼過ぎ。倒れたころではないだろうか。

メールには、ただどこかの住所が記されているだけだった。町名と番地。――町名には見憶えがあった。

真保がお気に入りのレストランのある町だ。爽香も何度か一緒に食事したことがある。しかし、番地の数字は、そのレストランではなかった。わざわざ爽香のケータイに、なぜ？

爽香は急いで英子のケータイにかけた。

「――どうしたの？」

「すみません！　今お話ししても？」

「ええ。病室へ戻る途中。ちょっと待ってね」

少しして、「大丈夫よ。廊下の外れ」

「今気が付いたんです」

爽香は、真保からのメールのことを話して、「真保様のケータイはどなたがお持ちでしょう？」

「さあ……。うまく見付けられるといいけど」

「もし、病室のどこかにあれば……」

「訊くのもおかしいでしょ」

「待って下さい。ええと……」

爽香は頭を拳で叩いた。「――お願いしてもいいですか」

「何でも言ってちょうだい」

と、英子は言った。


英子は病室に戻った。

もちろん、一番広い個室で、社の幹部が十人近く集まっていても充分余裕があった。

「――栗崎さん」

田端将夫がやって来ると、「お忙しいのにありがとうございます」

「いいえ。年寄り同士、話が合ってね」

と、英子は言った。

「先生が……」

と、看護師が入って来て、田端に声をかけた。

田端が病室を出て行く。――英子は時計へ目をやった。

そろそろだ。

すると――ケータイの着信音が一斉に鳴り響いたのだ。

「ワッ！」

「何だ、一体？」

幹部たちのケータイに一斉メールが届いたのだ。そのとき、くぐもった着信音が英子の耳に入った。

テーブルに置いた真保の布製のバッグの中だった。

「会議の連絡だって！　こんなときに」

幹部たちがあわててケータイの電源を切る。

――英子は、病室を出ると、足早にエレベーターへ向った。

一階で降りると、爽香が待っていた。

「いかがでした？」

「これ。彼女のバッグの中に入ってた」

と、英子は爽香に真保のケータイを渡した。「いいタイミングだったわ」

爽香があやめに連絡して、

「三分後に、主な幹部に一斉メールを送って。今夜の会合は中止、とでも」

と言っておいたのだ。

幹部たちのケータイが鳴ったときに真保のケータイへかけた。他の音に紛れて、気付かれないだろうと思ったのだ。

「――私あての、あの住所のメールが最後ですね」

と、爽香は真保のケータイを見て言った。

「どこの住所かしら？」

「調べてみます」

と、爽香は言った。「これを最後に送られたということは、打っている内に具合悪くなられて、他に本文を打たずに送ってしまわれたのかも……」

「意味ありげだわね」

「ええ。――栗崎様」

「なあに？」

「私あてのメールの一つ前に、社長あてのメールが。――いけないことですが、読んでしまっていいでしょうか。もしかすると、今回のことに係る用件かも……」

「いいんじゃない？　大体持ち出したのは私なんだし」

「じゃあ……一緒に見ていただけますか。これ一件だけです」

〈田端将夫〉あてのメールを、爽香は画面に出した。


その夜、十時ごろ爽香は田端真保の病室を訪ねた。

「――社長」

「やっぱり来たか」

ベッドの傍のソファに、田端将夫が座っていた。「たぶん、夜遅くなってから来るだろうと思ったよ。君のことだから」

「いかがですか、真保様の具合は？」

「うん……。意識が戻らないんだ。このままってことはないと思うんだが……」

「ご心配ですね。でも、少しお休みにならないと」

「分ってるが、その前に……」

と、田端は立ち上って、「君に話がある」

「何でしょう」

「お袋が倒れる直前にメールをよこした。君に何もかも打ち明けて、相談しろ、とあった。――もっと早くそうすべきだったのかもしれないが」

「私でよければ、お話を伺います」

「出よう」

――田端と爽香は、病院を出て、道の向いのコーヒーショップに入った。空《す》いていて、話を聞かれる心配はない。

爽香がコーヒーを二つ買って、奥のテーブルへ持って来る。

「お砂糖二つですよね」

「よく覚えてるな」

と、田端は微笑んだ。「恥ずかしい話だ。いや、あんまりありきたりで、我ながらいやになる」

「誰だって、一つや二つ、恥ずかしいことがあります。――朝倉有希さんのことですか」

「きっかけは、そうだ」

と、田端は肯いた。「初めは、ちょっと目をひく女だ、としか思っていなかった。しかし――出張に連れて行くようになると、泊り先で、彼女のことばかり考えるんだ。シャワーを浴びている彼女の体……。高校生じゃあるまいし、と思うんだが、抑えられない」

珍しいことではない。中年になって、妻との間が他人のように離れていくと、若いころのような欲望がこみ上げてくる。

「まあ……結局、我慢できずに、ホテルの彼女の部屋のドアをノックした。後は——分るだろう。有希の体は若々しくて、すばらしかった！」

田端はため息をついた。「正直、今でも彼女が欲しい。今すぐにでも」

「分ります。朝倉さんに夢中になられて——」

「彼女の体に溺《おぼ》れた。正に、『溺れる』とはこういうことか、と思ったよ。息が苦しくなるほど、彼女を欲しくなるんだ。——しかし、仕事も忙しいし、会うといっても週に一、二度だった。そして……」

田端は、少しの間ためらってから、「——あの日は、半月ぶりに有希と会うことになっていた。同業者の付合や出張で、なかなか会えなかったんだ。僕は砂漠で迷っている旅人みたいに、渇ききっていた。一分でも一秒でも早く、彼女に会いたかった。ところが……彼女の親戚で不幸があって、地方へ行くというメールが来た」

田端は首を振って、

「どうしようもない。待ち合せていたバーで、たて続けに飲んでいた。そして——カウンターに若い女を見付けた。誘うとすぐにそばへ来て飲んだ。可愛い子だった。屈託のない、明るい子で、訊くと、二十一歳の大学生だと言った」

「それで、そのあと……」

「ああ。有希と過すために取っていたホテルへ連れて行った。もちろん有希の代りにはならないが、それでもため込んだ苛々をぶつけるようにその子を抱いた。――目が覚めたのは、もう午前四時ごろだった。女の子はぐっすり眠っていて……。何だか気が咎めて、そっと服を着ると、その子のバッグへ一万円札を何枚か入れようとした。すると学生証が床に落ちて、拾ってみて愕然とした。確かにその子の写真で、何と十六歳の高校一年生だったんだ」

その成り行きを一気にしゃべると、田端はしばらく黙り込んだ。

たぶん、言ってほしいのだろう。「十六歳でも、体はもう大人ですから、分らなくても仕方ないですよ」とか、「酔ってたせいでしょう。そう自分を責めることはありませんよ」とか……。

しかし、爽香は言わなかった。今の問題はそこではない。

「――それから、どうなったんですか？」

と、爽香は促した。

「ともかく、ホテルを出た。誰とも会わなかった。部屋の予約も、もちろん僕の名前ではなかったし……」

「でも監視カメラには映っているでしょう。その子はどうしたんですか？」

「分らないんだ。いや、もちろん、後で目を覚まして帰っただろう。バッグに金も入れてあったから、それなりに割り切って帰ったんじゃないかと思う」

「学生証をご覧になったんですね？　学校名や、その子の名前は憶えてますか？」

「いや……。気が動顚して、しっかり見なかった。〈高校一年生、16歳〉というところだけしか」

「そうですか」

田端ならそうだったろう、と思った。思いがけないことに出会うと、途方にくれてしまうのだ。

「そして――マ、フ、ラ、ーですね」

と、爽香は言った。「ホテルの部屋に残して来たんですね」

「あの日は夜、寒くなると言われて、マフラーを持って出たが、そうでもなくて、コートのポケットに押し込んでおいた。気が付くと失《な》くなっていたんだ」

「待って下さい。ホテルへ入ったときには持っていたんですか？」

「それが……思い出せない。バーにでも落として来たかとも思って訊いたが、なかった」

「マフラーなんて、どこにでも……」

「ただ、あれは特別な編み方をした一品物で、地方の産業展の後援をしたとき、記念にもらったんだ。僕の名前が入ってる」

「そして……どうなったんですか？」

と、爽香は訊いた。

22 抹消

「そんなことが」

と、松下が言った。「社長としてはどうか知らんが、育ちのいい坊っちゃんだな」

「それだけに、いい人なんです」

と、爽香は言った。「真保様のためにも、社長を守ってあげたいと思うんです」

「しかし、向うはお前を平気で切るかもしれないぞ」

「ええ、それは……。面倒なことに係り合うのが嫌いな人なので」

「待て。この辺じゃないか？」

松下は車を停《と》めた。

爽香は、真保を病院に見舞って、田端と話をした翌日の夕方、松下と会って、車で「この辺り」にやって来ていた。

「――そうですね。電柱に付いてる住所の表示が」

「停めといても大丈夫だろう。降りて歩いてみるか」

「ええ」

二人は車を降りた。――小さな家が軒を連ねる住宅地で、小さなコンビニ以外は大して店もなかった。

「しかし、捜すったってなあ……。相手の顔も名前も分らないんじゃ」

「仕方ありませんよ。で、これを持って来たんです」

爽香が手に持っていたのは、〈G興産〉の名前と会社のロゴの入った手さげ袋だった。

「頼りない話だな」

「ともかく、歩いてみませんか?」

――田端真保が、爽香へ送って来た、住所だけのメール。

その住所を捜してやって来た。しかし、あの住所には最後の数字が抜けていて、この近辺の家々に当てはまるのだった。

「この先は、もう違いますよ」

と、爽香は言った。「この角から、今、車を停めた辺りまでが該当するんですね」

「しかし、ごく普通の家ばかりだぞ」

「ええ……」

爽香は周囲を見回していたが、「――あのアパートは?」

家並のかげに隠れてよく見えなかったが、二階建のアパートらしい建物が目に入った。

「少し外れてないか？」

「でも……。行ってみましょう」

細い道を辿《たど》って、迷いそうになりながら、そのアパートの前に出た。住所の表示を見て、

「ここも同じですよ。たぶん、元は近くの家の人が持ってた土地だったんでしょう」

「そうか。土地の一部を売るかして、アパートを建てたってことだな」

そこへ、買物帰りらしい主婦が、ショッピングカートをガラガラと引いて、アパートへ入って行こうとした。

「あの——ちょっとすみません！」

爽香は呼び止めると、「このアパートにお住いの方ですか？」

「そうよ。見りゃ分るでしょ」

と、仏頂面で振り向く。

「お訊きしたいことが。——いえ、怪しい者じゃありません」

爽香はティッシュペーパーに包んだ一万円札をその主婦の手に握らせた。

「こんなこと……。何なの、訊きたいことって？」

「こちらに一人暮しされてる若い女の方がおいでだと思うんですけど……」

「若い女？　だったら久我《くが》さんね。他に若い子なんていないわ」

「ええ、その久我さんのことです。実は興信所の者でして、結婚相手の素行調査を――。いえ、もちろんご当人には内緒なんですが。どんなお嬢さんですか？」

「そうねえ……。ほんの三か月くらい前に来たばっかりだけど、何だかちょっとね」

と、首をかしげて、「何してんだか分んないところのある人よ」

「じゃ、普通にお勤めしてらっしゃるんじゃ……」

「夜は十二時ごろに帰ってくることもあるわ。まあたいていは八時とか九時とか……。誰と結婚しようっていうの？」

目が輝いている。

「それはちょっと申し上げられないんですが、いわゆる〈玉《たま》の輿《こし》〉と言ってもよろしいような……」

「へえ！　確かに可愛いもんね。でも、タクシーで男の人に送ってもらって帰ってくることもあるのよ。たまたま見たんだけど」

「そうですか！　いいことを聞かせていただいて。ありがとうございました」

「いえ、そんな……。あの子ね、いつもそこのコンビニのお弁当買って帰ってくるわよ」

追加情報をもらって、爽香はくり返し礼を言った。

「――おい、当りかもしれないいな」

と、松下が言った。

「コンビニの外で待ってましょう。もちろん見当違いかもしれないけど」

二人は車に戻ると、コンビニに出入りする客が見える位置に車を停めた。

「――もし、その女なら、お前のとこの社長は全く世間知らずってことだな」

と、松下は言った。

――田端の話を聞いて、爽香が考えたのは、朝倉有希が、散々田端をじらしておいて、突然会えなくなる状況を作り、その若い女を田端に近付けたのではないか、ということだった。

高校生の学生証など偽造するのは簡単だ。しかし、田端はすっかり信じ込んだ。真保が田端からその話を聞いたら、まず爽香と同じことを考えただろう。

何とか手を尽くして、真保は相手の女を突き止めると、爽香にそのことを知らせようと思った。しかし、具合が悪くなり、必死の思いで、息子に爽香と話すように、そして爽香には女の住所をメールで知らせようとした……。

「この住所だけのメール……。真保様の気持を考えると……」

「そうだな。息子の方は未成年の女の子を相手にしたことで、事が明るみに出るのを恐れてる」

と、松下は肯いて、「この賭けがどう出るか、だな」

車の中で、爽香たちは三時間以上待った。

「――おい」

と、松下が爽香をつつく。

「あれかもしれませんね」

爽香が眠気を振り払うように頭を強く振った。

コンビニへ入って行く若い女が目に入った。コートをはおって、見たところＯＬ風だが、小柄である。

「行ってみよう」

爽香と松下は車を出ると、コンビニへと入って行った。

「いらっしゃいませ」

若い男の店員が、欠伸しながら言った。爽香は〈Ｇ興産〉の社名の入った手さげ袋を松下に渡して、店の奥の棚へと足を向けた。

その若い女は、レジの並びにある弁当やサンドイッチの棚を眺めて、どれにするか迷っている様子だ。爽香はチラッとその女性を見た。

もちろん、実際は二十三、四だろうと思えたが、童顔で、十代と言っても通りそうに見えた。

松下が缶ビールを棚から一つ手に取った。女性は、あまり種類が残っていない弁当に、ちょっと顔をしかめたものの、結局一つ選んで手にした。

松下がすぐに缶ビールをレジに置いた。

「いくらだ」

「二三〇円です」

松下は手さげ袋をレジの台に置くと、ポケットから小銭入れを出した。

若い女性は弁当を手に、松下の脇に並んだ。レジの前に置かれた紙袋に目をやる。

「――ありがとうございました」

松下がコンビニを出る。あの女性が、ひどくあわてて弁当を買うと、外へ出て左右へ目をやった。松下の姿はもうなかった。

その女性は小走りに、あのアパートへ通じる細い道を辿って行った。

爽香がコンビニから出てくる。松下が暗がりから現われると、

「見てたか？」

「動画を撮りました」

と、爽香はスマホを手にして言った。「〈G興産〉の袋を見て、エッという顔をしてました」

「俺も気配は感じた。見るわけにいかなかったがな」

「間違いないですね。田端社長とホテルに泊ったのは、あの人ですよ」

「行きましょう。動揺しているところを、ひと押しもふた押しもすれば、何でも話すかもしれませんよ。立ち直る時間を与えないことです」

「お前も戦士になって来たな」

と、松下は笑って、「よし、行こう。あのアパートのどの部屋か――」

「表札はないでしょうけど、耳を澄ませば分りますよ。きっと電話してるはずですから」

あのアパートへ入って行くと、耳を澄ますまでもなく、女の声が廊下に洩れていた。

「――どうすればいいの？　――そんなこと言ったって！　――知らないわ。男の人よ、いい年齢《とし》の」

苛立ちながら電話しているので、声が大きくなっているのだ。

「え？　だって――。今すぐって言われても。――分ったわよ。あのね、こんなことになるなんて聞いてない！　――そうよ、倍は払ってもらわなくちゃ」

少し相手の話を聞いてから、

「――じゃ、そういうことでね。これからすぐ仕度《したく》して出るわ。――ええ、分ってるって！」

バタバタと音がした。

「どうする？」

松下の持っていた〈G興産〉の袋に驚いて、連絡したのだ。おそらく相手は、朝倉有希だろう。

偶然とは思えないと考えたはずだ。久我という女に、すぐアパートを出るように指示したのだろう。
五、六分で仕度をすませ、久我という女は玄関を出た。
廊下へ出て、ギョッとして足を止める。

松下と爽香が両側に立っていたのだ。

「お話ししましょう、久我さん」

と、爽香は言った。

「何なのよ……。私、何も知らないわよ」

と、強がったが、

「あなたのためよ。殺人事件で取り調べられたくないでしょ?」

「殺人? 何の話?」

「あなたは知らなくても、警察は放っておかないわ。正直に話してくれた方がいいわよ」

「殺人って何よ? そんなこと……」

「知らないの? 黒沼って男」

「黒沼って……記者の？」

「そう。殺されたのよ。今、警察が必死で捜査してる」

「私、関係ないわ」

「そこをじっくり聞かせて」

と、爽香は言った。

松下が、彼女の手からバッグを取り上げると、

「部屋の中へ戻ろうか」

と言った。


お風呂から出ると、ケータイが鳴っていた。

並木真由子はケータイを手に取ると、

「もしもし。――夏子さん？　ちょっと待って。今、お風呂出たところで」

真由子はバスタオルで体を手早く拭くと、何とかパジャマ姿になって、

「――ごめん！　もう大丈夫」

と、ケータイに出た。

「すみません、そんなときに」

と、金田夏子の声が響いてくる。

「あの——さっきメールが来て、イタリアの野外オペラに出ないか、と……」

「どうかしたの？」

「まあ。どこかのエージェントから？」

「前から知ってる事務所の所属で、音大で教えている方からです」

真由子も名前を知っている声楽家だった。

「私の声量なら、野外で通用する、って言われて」

「いいチャンスじゃないの。経験を積むことが大事よ。演目は？」

「〈アイーダ〉です」

「定番ね、野外オペラの。で、何の役を？」

「あの……主役なんです」

真由子は、さすがに唖然とした。

23 残響

その声は、広いパーティ会場を何周も巡るかという勢いで、響き渡った。

普通、ホテルの宴会場で開かれる立食形式のパーティでは、ほとんどの客がアルコールを飲んでいるせいもあって、にぎやかにおしゃべりしているので、ステージで誰がスピーチしようが歌おうが、誰もろくに聞いていないものである。

しかし――今は違った。金田夏子の堂々たる体から放たれる圧倒的な声は、人々のおしゃべりや笑い声を一旦打ち切らせる迫力があった。

「凄い声だ……」

と、啞然として呟くのが、あちこちで聞こえた。

しかも、夏子はマイクなしなので、凄い声量だが、決して耳障りではない。並木真由子のピアノ伴奏での〈オー・ソレ・ミオ〉は、会場の空気を震わせて終った。

拍手が起った。

「――凄い声だな」

と、グラスを手にした田端将夫が言った。「君の知り合いか」

「たまたまです」

と、爽香は言った。「私より二十歳も若いんですから」

「そうか。——君は……四十八？　早いもんだな」

もう酔っている田端は、舌足らずな声で言った。

「あんまりお飲みにならない方が。後でスピーチがあるんでしょう？」

「ああ。なに、大丈夫だ。これぐらいで酔っ払うもんか」

「充分酔ってらっしゃいますよ」

と、爽香は苦笑して言った。

そこへ、久保坂あやめが、

「チーフ、ちょっと受付で」

「分った」

爽香が人をかき分けて行ってしまうと、田端は息をついた。——うるさい小姑《こじゅうと》だ。

もちろん、そのうるさいところにずいぶん田端は助けられている。だがありがたいと思う一方で、煩《わずらわ》しいという気持にもなるのだった……。

「どうせ俺は道化師だ」

と呟いて、もう一杯、グラスを手に取る。

——爽香が想像した通り、朝倉有希は初めから田端を誘惑するために、〈B通商〉から依頼された牧原三郎の手で〈G興産〉に送り込まれていた。

そして、わざと会う約束をキャンセルして、「未成年の女の子」とホテルへ行くように仕向けた。てっきり本物の十六歳と思い込んだ田端は逃げ出したが、マフラーが失くなったことに気付かなかった。

その女の子を連れてホテルの部屋へ入る写真と、マフラーの写真が後で田端の所へ送られて来た。それでも田端は、それが朝倉有希の仕組んだことだとは思わなかった。むしろ、有希を裏切ってしまったことを悔んだのだ。

その直後、〈B通商〉から合併を強く申し入れて来たことで、田端は写真の意味を知った。

〈B通商〉との合併話は数年前からあったが、母の真保が強く反対していた。

未成年の女の子と寝てしまったことが、その合併話と係っているとは……。田端は愕然とした。

黒沼が殺され、有希が姿を消してしまったとき、田端は初めて有希がその計画に係っていたと気付いたのである。

そして、母、真保が倒れた。

しかし、爽香は、田端が抱いた「十六歳の女子高校生」が、実は久我利恵《としえ》という二十一歳の女子大生だったことを突き止めたのだ。——田端は怒る気にもなれずにいた。

「どうせ俺は……」


爽香は宴会場の外のロビーに、意外な顔を見付けた。

ゆったりとソファに寛《くつろ》いでいる牧原に、

「その節は、夜中に失礼しました」

と、挨拶した。「パーティにご出席ですか？」

「いや、俺が顔を出したら、〈B通商〉の連中が真青になる」

「あの——朝倉有希さんはどこにいるんですか？　ご存知なら——」

「どこか遠くさ。頭のいい女だが、プライドが高くてカッとなりやすいのが欠点だな。彼女に無能呼ばわりされた黒沼が、頭に来て彼女を襲ったんだ。有希は殺されると思って夢中で刺したと言っていたが……。いずれ捕まるだろう。だが、そのころには、〈G興産〉がどうなっているかな」

「私は何とも……」

「田端を止めないのか」

「合併の話など、私のような立場の一社員が口を出すことはできません」

「しかし、〈B通商〉に呑まれたら、お前は目障りな存在になるだろう」

「仕方ありません。クビになったら、他の仕事を探します」

牧原は笑みを浮かべて、

「いい覚悟だ」

と言った。「しかし、田端も情ない男だな。お前が体を張って尽くしたのに……」

「そんな……。ヤクザじゃないんですから。社長はいい人です。ただ、あんまり重荷を負わされると、いやになって、投げ出してしまうんです。それに……私が母親でもないのに、これまで何かと口やかましく意見して来たので、うんざりされてるんだと思います」

「お前はそれでいいのか」

「社長なんて、たいていそういうものじゃありませんか?」

爽香の言葉に、牧原は声を上げて笑った……。


田端はまたグラスを空にすると、ちょっとふらついた。

今日の五十周年の祝いの会で、〈G興産〉と〈B通商〉の合併を発表する。すでに情報は流れていて、経済紙の記者やTV局がパーティにやって来ていた。

「ちゃんと……しゃべれるぞ。少々酔ってたってどうってことあない」

と、自分に言い聞かせていると、ケータイが鳴った。「――え?」

一瞬、顔がこわばった。母、真保のケータイからだ。

病院につめている秘書からだろう。真保は、おそらく明朝まではもたないだろうと言われていた。意識不明のまま、命の火は消えかかっていた。

これが、その知らせかも……。田端は会場の隅の、少し人の少ない辺りへ行って出ると、

「——もしもし」

と、低い声で言ったが——。

「今、どこなの？」

はっきりした声が飛び出して来て、田端は耳を疑った。

「え？　あの——そっちは……」

「何？　ちゃんとしゃべりなさい！　五十周年の会ね？　そうなんでしょ？」

「母さん……。大丈夫なの？」

「何言ってるのよ。もう一度、ちゃんと言っとかないとね。合併の話なんかに乗るんじゃないよ！　先方がどんなにいいことを言って来たって、うちのいい所だけを吸い上げて、後は抜けがらみたいに捨てるつもりよ」

「でも、もう話が進んでるんだ」

「社員のことを考えなさい！　どれだけの社員が、必要ないって切り捨てられるか。一

人一人に家族がいるのよ。これまで〈G興産〉のために働いて来た人と、それを支えた人たちを見捨てて、あんた一人、遊んで暮らすつもり？　私はあんたをそんな風に育てたつもりはないわ。あんたには責任があるの。ちゃんと責任を果たしてくれないと、私は安心して死ねやしないよ」

「母さん……。でも、僕は社長なんて、もうくたびれちゃったんだよ」

「何もあんた一人で決めなくたっていいのよ。もっともっと、若い社員の中へ入って行って、話してごらん。優秀な子が、女の子だって何人もいるはずよ。十年後、二十年後に会社をどうしたいか、考えなさい。あんたなんか、まだ若いんだから。ともかく、いくらでも、まだやれることがあるわ。諦めない。面倒がらない！　いいね」

「うん……」

「じゃ、またね！」

——いつもの通り、「またね」で、通話は切れた。

田端が呆然としていると、またケータイが鳴った。

「——田端さんですか。医師の塚本《つかもと》です」

「あ、どうも……」

「残念なお知らせです。お母様がついさっき亡くなられました」

「え……。ついさっき、って……」

「十分ほど前です。静かなご最期でした。――もしもし」

「は……。どうも……」

――田端は、しばし宙を見つめて立ち尽くしていたが……。

「田端社長！　いらっしゃいますか？」

という司会者の声に、やっと我に返った。

――ロビーでは、あやめが、

「チーフ、社長のお話です」

と、爽香を呼びに来た。

「分ったわ」

爽香は、会場へ少し入ったところで足を止め、ステージに上った田端を遠く眺めた。

田端は、

「〈G興産〉の田端でございます」

と、口を開いて、会場を見渡した。「実は、今夜、ここで我が社と、ある企業の合併についてお話しすることにしておりました。いや、話はあるんです。あるんですが……。色々と熟慮の結果、〈G興産〉はどことも合併しないことにいたしました」

一旦静まり返った会場に、やがてざわめきが広がった。――まるで目が覚めたように、記者たちが会場から駆け出して行った。

「――チーフ」

と、あやめが爽香を見て、「知ってたんですか?」

「まさか」

と、爽香は言った。「びっくりしてる暇はないわ。あやめちゃん、表彰式よ!」

「あ。――はい!」

あやめがステージの脇めざして駆け出して行った。

ステージでは、田端が少しいつもの様子に戻って、

「これより、〈G興産〉のために永く尽くしてくれた方々を、表彰し、ささやかなプレゼントを贈りたいと思います」

と告げた。

ステージの脇に、古参の社員が夫人同伴で集まって来る。あやめが田端に肯いて見せると、田端が一人一人、名前を呼んでステージに上げる。夫人も一緒で、ステージ一杯に、二十人ほどが並んだ。

あやめと爽香が、衝立《ついたて》のかげから、プレゼントを運び出すと、田端は一人一人に手渡しながら、固く握手をした。

客が拍手しながら、ふしぎそうに、一人ずつ、大きさも包みの形も全く違うプレゼントを眺めていた。

あやめが司会者のマイクを借りて、

「お一人ずつ、違うお品となっております。ぜひ会場でご覧下さい」

と言った。

「みんな、ありがとう！　これからもよろしく頼むよ！」

田端が、まるで大学生に戻ったかのような声を上げ、一人一人の肩を叩いた。

ステージを下りると、全員が包みを破る音が会場に響いた。そして、夫人たちの声が、

「まあ！　このバッグ」

「あら、これ本物の結城《ゆうき》だわ！　手に入らないのよ、今」

と、あちこちで弾んだ。

「何てことでしょ！　フジタの版画よ！」

――すべて、プレゼントは夫人たちの欲しがっていた物だった。その一画は、にぎやかな女性たちの声で溢れた。

田端は、あやめに、

「調べたのか、奥さんたちの趣味を」

と訊いた。

「はい。今は皆さん、インスタグラムとかブログとかやっておられるので、調べやすいんです」

訊くまでもない。爽香の指示だろうと田端は思った。

はしゃいでいる妻たちを見て、古参の社員がみんな笑顔になっていた……。

「――栗崎様、ありがとう」

と、その光景を見て、爽香は呟いた。

表彰するなら、奥さんたちが喜ぶものを。妻が幸せそうにしているのを見て、いやな気のする男はいないのよ。――アイデアは、栗崎英子からだった。手間はかかったが、そのかいがあった、と爽香は内心、英子に手を合せた。

すると、いつも会議で爽香を批判している重役が、わざわざやって来て、

「杉原君、ありがとう。女房がこんなに嬉しそうにしているのを何十年ぶりで見たよ」

と、爽香の手を握って行った。

「――良かったですね」

少し落ち着いてから、あやめが言った。

「首がつながったみたいね」

と、爽香は微笑んだ。「今度、栗崎様とお食事しましょう」

それから爽香はロビーへ出ると、牧原の所へ戻って行った。

「聞こえてたよ」

と、牧原が言った。「商売にならなかったな、こっちは」

「驚きました。社長に何があったのか……」

「ともかく、もう俺の出番はない」

牧原は立ち上ると、「お前は面白い奴だ」

「誉《ほ》められてるんでしょうか」

「どうかな」

と言って笑うと、牧原はロビーを後にした。

爽香は全身で息をついた。疲れた、と実感した。

人の気配に振り向くと――朝倉有希が立っていた。

24　清　算

「朝倉さん。――ここへ来るかもしれないと思っていたわ」

と、爽香は言った。

「このまま捕まるなんて、とんでもない！　あなたが私を追い詰めなければ、あんなことには……」

そう言って、有希は素早く左右へ目をやると、バッグから小型の拳銃を取り出した。

そして爽香へ銃口を定めると――。

爽香の右手がパッと差し出されると、赤い液体が有希の顔にかかった。有希が悲鳴を上げる。拳銃が発射されたが、弾丸はカーペットに食い込んだ。有希は拳銃を取り落とし、

「目が……目が痛い！」

と呻《うめ》いて、よろけた。

「チーフ！」

あやめが駆けて来る。その後からガードマンも。

「大丈夫。警察を呼んで」

と、爽香は言った。


「じゃあ、川崎君の作った〈探偵ボックス〉が役に立ったのね!」

と、麻生果林が嬉しそうに言った。

「そうなのよ。川崎君によろしく言っといてね」

「彼、きっと大喜びよ。でも、爽香さん、気を付けてね」

「ありがとう」

爽香は通話を切って、ケータイを手にレストランの個室に戻った。

果林の恋人で木工職人の川崎が、爽香のために、小さな木箱に、小型のナイフや針、ワイヤーなどを納めた〈探偵ボックス〉を作ってくれた。その中に小さなびんに入った、目つぶしの液体があったのだ。

爽香は、あのとき、ロビーの奥にチラッと朝倉有希らしい姿を目にしていたので、用心のため、そのびんをポケットに入れておいた……。

「――私もトシね」

と、栗崎英子が言った。「一〇〇グラムが精一杯だわ」

「一〇〇グラムのステーキって、普通の大きさですけど」

と、あやめが言った。

栗崎英子に、お礼の夕食の席を設けたのだが、「ステーキがいい」と、九十歳の大女優は注文したのである。

「栗崎様のおかげで、私、ずいぶん古い人たちから親しく声をかけられるようになりました。あやめちゃんが頑張って、情報を集めて品物を見付けてくれたので……」

「良かったわ、お役に立って。年の功ね」

英子はステーキを爽香たちより先に平らげてしまった。

「でも、チーフ、社長はどうして気が変ったんでしょうね?」

と、あやめが言うと、爽香でなく、英子が、

「そりゃあ大変だったのよ」

と言って、ワインをひと口飲んだ。「真保さんと会う度に、何度も何度も稽古《けいこ》して。真保さんのしゃべり方や口ぐせを真似るのはそう難しくなかったけど、元の声がね。真保さんは声のトーンが高いでしょ。私はどっちかというと地声は低いの。だから録音して、くり返し聞いては、そっくりになるまで練習したのよ」

爽香が唖然とした。

「栗崎様、それじゃ……」

「真保さんが息を引き取るころに、田端将夫に電話をかけたの。内容も予《あらかじ》め何度も相談して……。真保さんから頼まれていたの」

「じゃ、臨終の床の真保さまが、社長に電話をかけたことに？」

「世の中にはふしぎなことがあるって思ったでしょ」

「はあ……」

田端はさぞびっくりしたことだろう。真保の遺言を、英子が代って伝えたというわけだ。

「おかげさまで、私の提案していた若手社員の海外研修が、とりあえず男女一人ずつですが、実現しそうです」

と、爽香が言った。

「良かったわね。すぐに成果を求めないで、長く続けることよ」

「はい。私が定年になっても続けられるように、と思っています」

「そのころまでは、私、生きてないわね。いくら何でも」

と、英子は笑って、「じゃ、デザートをいただきましょうか」

まだ当分大丈夫。――爽香は心の中で、そう呟いた。

「分ってるの。――分ってるのよ、ただの絵だってことはね。でも、やっぱり……」

と、爽香はため息をつくと、「恥ずかしい！」

滑らかなピアノがショパンを奏でると、館内の照明が一斉に点灯し、入口正面の壁面を占領した、爽香の横たわる全裸像が浮かび上った。

拍手が湧き起った。

仕方ない。――この〈NK美術館〉での〈リン・山崎展〉プレオープニングで、ぜひと頼まれていたのだ。

爽香は紹介も何もなく、ただ黙って、その自らの裸体画――それも実物よりずっと大きい――の前に進み出た。もちろん、服は着ている。

拍手は一段と盛り上り、さらに館長、新見琴江の、

「写真撮影はご自由に」

というひと言で、たちまち誰もがスマホやケータイで、そしてプロのカメラマンも次々にシャッターを切った。

「ちょっと脱いでいただけませんか？」

などという注文は無視して、それでも頬を紅潮させながら、爽香は写真を撮られ続けた。

「もう少し！」

「ニッコリ笑って下さい！」

色々な声が飛び、この撮影会（？）が終るのには十五分もかかった。

「――爽香さん、ありがとう」

と、琴江が歩み寄って、爽香と固く握手した。

「おめでとう。明日からは人が殺到しそうね」

「前もって、入場券の発売を抑えてるんです。ゆっくり見ていただきたいので」

「それはいいことね」

「その代り、期間を長くしましたから。山崎さんのおかげです」

人に囲まれていたリン・山崎が、爽香の方へやって来た。

「この絵が、また生き返ったようだよ」

「もう何も言わないわ」

と、爽香は笑って、「まあ、舞さん！」

すっかり太った山崎の妻、舞が、カクテルドレスでやって来た。

「相変らず冒険をされているようですね」

と、舞は微笑んで、「皆さん、お元気ですか？」

「ええ。――ああ、今来たわ、明男と珠実が」

「私のこと、分るかしら」

と、舞は言った。

「お母さん、凄い！」

と、珠実が絵を見て、目を丸くしている。「圧倒されるね」

「そうだな」

と、明男が肯いて、「しかし、我が家でのお母さんの存在感はこんな感じじゃないか？」

そんなに私、態度大きい？　――爽香はまともには受け取らないことにした……。

「あ、社長」

爽香は、田端が入館して来るのを見て、「わざわざどうも」

「やあ、大したもんだね！」

田端は山崎たちと握手して、「ゆっくり見せてもらいますよ」

と言った。

――ロビーの隅でピアノの生演奏をしているのは、並木真由子だった。

「あら、谷田君」

真由子は、谷田修一がヴァイオリンを背負ってやって来るのを見て、手を止めた。

「後で弾くんですよね」

「ええ。〈タイス〉ね？　――彼女に捧げる？」

修一と手をつないでやって来たのは、コンクールで彼にヴァイオリンを貸した、友永美咲だった。

「お母様の具合、どう？」

と、真由子が訊く。

「ずいぶん元気です。またコンクールのことで、うるさくって」

と、修一は笑って言うと、「今度、〈G興産〉が僕のスポンサーになって下さったんです」

「そうなの？　爽香さん、何も言わないから」

と、真由子は言った。「そういう人なのよね、あの人は」

「そう言えば、あのソプラノの金田さん……」

「彼女、今ごろイタリアで頑張ってるわ。来年の夏の野外オペラで、〈アイーダ〉の主役を歌うっていうんでね」

「凄いですね。でも、あの人ならきっと――」

「ええ。きっとやってのけるわよ。ときどきメールもらうけど、食べものの話ばっかり！」

と、真由子は笑って言った。

誰も知らない、ってのは気楽でいいもんだな……。

田端は、ほとんど空になったグラスを手に、リン・山崎の作品をのんびりと眺めていた。社長という立場だと、連日のようにパーティや会食がある。しかし、それも「仕事」となると、少しも楽しめない。

そう。――あの杉原爽香のように、ごく自然に、いつの間にか周りに人が集まってくる様子を見ていると羨ましくなる。

「よせよせ……」

人を羨んではみっともない。社長なんて孤独なものなんだ。

それに、このところ、自分よりずっと若い社員たちと、気軽に話せるようになった。

あれはあれで楽しいものだ。

「グラス、お取り換えしましょうか？」

アルバイトなのだろう。女子大生らしい子が、ワインのグラスを手に立っている。

「ああ……。それじゃ」

と、空のグラスを渡してワイングラスを受け取ったが、思い直して、「すまないが、ウーロン茶にしてくれる？」

「かしこまりました」

女の子はすぐにウーロン茶のグラスを手に戻って来た。

「やあ、どうも」

「あの——一つ、お返しするものが」

「え？」

その子が小さくたたんだマフラーを差し出した。あの、狐色のマフラーだ。

「君か！」

あのときの「女子高校生」だった。——よく見れば思い出す。

「あのときはごめんなさい。私、何も事情、知らないで……」

「いや、僕の方こそ、ひどく酔ってたしね」

「私、久我利恵っていいます」

「久我。——うん、そうだったね。聞いたよ」

「一度、ちゃんとお詫びしたくて。カクテルでも付合ってもらえません？　私、二十一歳だから、お酒飲んでも大丈夫」

そう。この子が悪かったわけではない。あの朝倉有希が……。有希のことを考えると、今でもちょっと胸が痛い。

「じゃあ、一度食事でもしないか？　もちろん食事だけね」

と、田端は言った。

「お疲れさまでした」

やっと報道陣や招待客たちから解放された爽香を、琴江はねぎらった。

「いえ、どういたしまして。仕事で駆け回るよりはずっと気楽です」

琴江と館内を歩きながら、爽香は少し汗をかいていた。

「そういえば、ここに放火しようとして火傷を負った女の人は……」

「入院中です。まだ、誤解をといてくれるには、時間がかかるかもしれません」

「そうですか。——じゃ、ここで聞こえていた足音というのも、その人が？」

「壁にスピーカーをセットしたのは、館内にＢＧＭを流そうという先代のアイデアだったらしいんですが、美術館には不要でしょ？　そのまま放っておかれたのを、どうしてかあの女性が知って……。先日、取り外しました」

と、琴江は言って、「爽香さんは、また危い目にあわれたそうですね」

「久保坂情報ですね？」

と、苦笑したが、「——朝倉さんも気の毒な人です。優秀なキャリアを作れる人だったのに。親の作った借金を背負わされて、牧原という男の下で働くことになってしまったようですね」

「人殺しまでして……」

「でも、いつか立ち直ってほしいです。あの人は、なまじ美人で男をひき寄せる力があったので、あんなことに。——私はそういう心配ないので、安心です」

「そんな」

と、琴江は笑って、「私が男だったら、爽香さんを捕まえて離しませんけど」

「うちの亭主に言ってやって下さい」

爽香は、明男が舞と楽しげにしゃべっているのを眺めながら言った。

今のあの二人の間には、危い火花は全く飛んでいない。

それはそれでちょっと寂しい——などと言ったら、珠実に笑われそうだ。

「爽香さん!」

と、弾けるような声がして、振り返ると、杉原瞳が手を振ってやって来た。

「あら、来てたの」

「そりゃあ、来るわよ」

と、瞳は言った。「あのヌードの前で、何十枚も撮っちゃった!」

そして瞳は後ろに立っていた小柄な女の子を、

「この子、後輩のクルミちゃん」

と紹介した。

ちょこんと頭を下げる可愛い子を見て、どうやら瞳の新しい「彼女」らしい、と爽香は思った。

「青春ね」

と呟くと、「ゆっくり見て行ってね。他の作品も」

爽香は、あやめを見付けると、

「あやめちゃん、社長は？」

「もう帰られたみたいです。受付の人がそう言ってました」

「そう」

黙って帰る？　社長らしくないわね。——でも、気にしている暇はなかった。

館内を堂々とやってくる栗崎英子を見て、爽香は急いで迎えに行ったのだった……。

解説

山前《やままえ》 譲《ゆずる》
（推理小説研究家）

秋といえば「食欲の秋」――いや、このところ体型の変化を指摘されることが多いらしい（失礼！）杉原爽香《すぎはらさやか》にとって、これは禁句かもしれません。秋はもちろん「芸術の秋」です。そう強調したくなるのは、爽香が四十八歳の秋に起こった出来事であるこの『狐色のマフラー』では、絵画と音楽の二本のラインが絡み合っているからです。いわば「芸術の秋」事件なのでした。

部下のあやめとともに〈NK美術館〉にやって来た爽香は、あまりの行列にあきれてしまいます。そんな時、アナウンスで爽香が呼ばれました。事務室に招かれると学芸員の岸本《きしもと》が待っています。あの絵のモデルとなった爽香と、絵画界の巨匠である堀口豊《ほりぐちゆたか》の妻のあやめに気付いたスタッフが、待たせるわけにはいかないと配慮してくれたのです。

そこに館長の新見琴江《にいみことえ》が顔を出しました。まだ三十一歳ながら、はっきりしたものの言いようやきびきびした動作に爽香は感心します。琴江はあの絵の作者である、世界的に知られるリン・山崎《やまざき》の展覧会を企画していました。そしてなんと喫茶室に彼が顔を出すではありませんか。思い出話に花が咲くふたりですが、琴江に迫る魔手が爽香をまた事件に誘うのでした。

一方、中学時代の爽香の恩師である河村布子《かわむらきぬこ》の長女で、こちらも今や世界的なヴァイオリニストの河村爽子《さわこ》は、伴奏のピアニストの並木真由子《なみきまゆこ》とコンサートに出かけていました。ところが会場を下見しようとすると、怪《あや》しい男が邪魔してきます。

「私はね、杉原爽香さんと何十年も付合って来てるの。犯罪の匂いに敏感なのよ」などと真由子に言って爽子は、さっそく爽香に電話をして、強盗団逮捕となりました。驚く真由子ですが、とあるコンクールで伴奏者を務めることになった彼女にも魔手が……。

爽香が大学生の時にアルバイトをしていて、卒業してから勤めたのは古美術店でした。ですから美術に興味があったことは間違いないでしょう。布子の夫で当時刑事だった河村太郎《たろう》の紹介で転職した〈Pハウス〉、さらに〈G興産〉に移ってから関わった〈レインボー・ハウス〉での仕事で爽香は、美術的なセンスの良さを垣間見せていました。

その爽香が本格的に美術界に足を踏み入れた、いや美術界のトラブルに巻き込まれるようになったのは、三十七歳の夏の事件である『コバルトブルーのパンフレット』からです。再建を託されたカルチャースクールのパンフレットの表紙絵を、売れっ子のリン・山崎に頼むことにしたのですが、会ってみるとなんと彼は小学校の同級生！　快《こころよ》く仕事を引き受けてくれました。しかも安く……彼はとんでもないことを言い出すのです。「君をモデルに、絵を描きたい」と。それもヌード⁉

つづく『菫色《すみれいろ》のハンドバッグ』では、夫の明男《あきお》に内緒で爽香はリン・山崎のモデルを務めています。完成したのは『オレンジ色のステッキ』ですが、その絵を見た画壇の最高権威である堀口豊が、これは傑作だから〈N展〉に出品しなさいと言い出したものですから、話がややこしくなります。

結局、爽香をモデルにした絵の実物は公《おおやけ》に展示されることなくこの世から消え去ってしまうのですが、〈N展〉のポスターに使われたことから、リン・山崎の代表作として世界的に（！）有名になってしまいました。巧みな複製がその芸術性を伝え、〈NK美術館〉の展覧会でも目玉となっているのです。もちろんモデルの爽香も注目を集めるのでした。

一方の音楽ですが、高校一年生だったシリーズ第二作の『群青色《ぐんじょう》のカンバス』で、爽香はS学園高校のブラスバンド部でフルートを担当していました。そこで明男と知り合うわけですが、事件が連続し、そして家族内でのトラブルが相次いだせいか、しばらくゆっくり音楽を楽しむ時間はなかったようです。

クラシック音楽の話題が多くなったのは、やはり河村爽子の成長があってのことでしょう。彼女は六歳からピアノを習っていましたが、十歳の時にヴァイオリンを習いたいと言い出します（『茜色《あかねいろ》のプロムナード』）。そうするとめきめきと腕を上げ、十一歳の初舞台ではバッハの〈プレリュード〉を弾いて喝采を浴びるのでした（『虹色のヴァイオリン』）。

中学二年生で学校のオーケストラのコンサートミストレス（女性のコンサートマスター）となり（『桜色のハーフコート』）、十六歳でオーケストラに客演してチャイコフスキーの協奏曲を弾き（『柿色のベビーベッド』）、二十歳の時にはイタリアでのコンクールで優勝しています（『新緑色のスクールバス』）。河村爽子は今二十八歳、クラシック音楽の世界で確固たる地位を築いている人気ヴァイオリニストとなりました。

それでも爽香の頼みとあれば、どんな無理なことでも快く引き受けてきた爽子です。今は亡き父や教師として忙しい母をどんなに助けてきてくれたことか。つねに爽香の温かい眼差しを感じている爽子です。『灰色のパラダイス』では、〈G興産〉もスポンサーとなった年越しの〈ジルベスター・コンサート〉の企画に爽子が加わっていましたが、もちろん爽香も関係していました。

そんな爽子や並木真由子の演奏活動が描かれているこの『狐色のマフラー』は、シリーズのなかでもとりわけクラシック音楽への言及が目立ちます。いちいち曲名は挙げませんが（サボったわけではありません！）。また、〝声楽は、器楽と違って、「若い天才」はいない。大人の体ができないと、本当の声は出ないからだ〟といった、クラシック音楽にまつわる興味深い裏話がそこかしこにちりばめられています。

そしてなによりも注目すべきは、音楽家の繊細な心理でしょう。感情の微妙な揺れが演奏に影響していくからです。真由子が伴奏するコンクールに参加している十七歳の谷《たに》田修一《たしゆういち》は、いくつかのトラブルに巻き込まれています。いかにして演奏に集中していくのかとか、楽器が演奏に与える影響など、クラシック音楽に造詣《ぞうけい》の深い赤川さんならではの視線が感じられます。

そしてもうひとり注目すべきは、コンクールに参加しているソプラノ歌手の金田夏子《かねだなつこ》です。読み進めれば納得でしょうが、いろいろな意味でその存在感は圧倒的です。そして彼女が美術と音楽の接点ともなっています。「芸術の秋」に相応《ふさわ》しいキャラクターとして、印象に残るに違いありません。

ただ、「芸術の秋」を楽しんでばかりはいられません。光と影――それは芸術の世界でも逃れられないのです。事件は起こります。さまざまな色が重なり合い、さまざまな音色が重なり合って爽香を悩ませるのでした。そしてもうひとつ、邪悪なラインが絡んでいます。それは勤務先の〈G興産〉でのトラブルでした。

爽香は創業五十周年事業に参画していましたが、なかなかうまくいきません。どうやら田端《たばた》社長の秘書の朝倉有希《あさくらゆき》が邪魔をしているようです。なぜか田端は優柔不断で、そして爽香に罠《わな》が仕掛けられたりもします。爽香は〈消息屋〉こと松下《まつした》に依頼して、有希の周辺を調べますが、そこに殺人事件が！

その松下のほか、『狐色のマフラー』にはお馴染みの人たちが数多く登場しています。兄の杉原充夫《みつお》の遺児である瞳《ひとみ》は、前作の『焦茶色《こげちゃ》のナイトガウン』で辛《つら》い思いをしましたが、すっかり立ち直ったようです。声楽の道に進み、今はソリストの道を歩んでいるとのことです。爽子の弟の達郎《たつろう》は二十四歳、大学院の博士課程で学んでいます。河村太郎と早川志乃《はやかわしの》のあいだに生まれたあかねは大学一年ですが、アルバイトでトラブルに巻き込まれ、やっぱり爽香に助けられています。

ベテラン女優の栗崎英子《くりさきひでこ》とそのマネージャーの山本《やまもと》しのぶももちろん登場しますが、ラストの英子の芸には感服するしかありません。そして『狐色のマフラー』での最大の功労者は、栗崎英子の引き立てもあって女優として成功している麻生果林《あそうかりん》のボーイフレンド、木工職人の川崎《かわさき》ではないでしょうか。あわやという時——爽香ひとりでは事件を解決できないことを痛感します。

それにしてもみんな、爽香との付き合いが長くなったせいか、歯に衣着《きぬき》せない発言がますます多くなったような気がします。誰とはいいませんが、たとえば「大体、チーフに急な用事っていったら、殺人か爆弾か、ろくなことがないですものね」とか……。十二歳になったひとり娘の珠実《たまみ》もずいぶん口が達者のようです。みんな勝手なことを言って！　爽香の食欲が増すのも無理はないでしょうか。

初出
「女性自身」（光文社）
二〇二〇年　一〇月二七日号、一一月一七日号、一二月二二日号
二〇二一年　二月二日号、二月二三日号、三月九日号、四月二七日号、六月一五日号、七月一三日号、八月一〇日号、九月七日号、九月二一日号

光文社文庫

文庫オリジナル／長編青春ミステリー

狐色《きつねいろ》のマフラー

著　者　赤《あか》　川《がわ》　次《じ》　郎《ろう》

2021年9月20日　初版1刷発行

発行者　鈴　木　広　和
印　刷　萩　原　印　刷
製　本　ナショナル製本

発行所　株式会社　光　文　社
〒112-8011　東京都文京区音羽1-16-6
電話（03）5395-8149　編　集　部
8116　書籍販売部
8125　業　務　部

ISBN978-4-334-79237-4　Printed in Japan

組版　萩原印刷

光文社文庫最新刊